過保護なイケメン若頭は元お嬢を溺愛して守りたい

★

ルネッタブックス

CONTENTS

Lunetta

プロローグ

あたたかな陽だまりに満ちた午後のカフェ。店員の沙奈《さな》は目の前にいる男に釘付《くぎづ》けになっていた。

足元には小太りの中年男が転がっている。その男がほかの店員に言いがかりをつけて困り果てていたところ、ちょうど入店してきたダークスーツを着た男に取り押さえられたのだ。沙奈が目を奪われている、すこぶる見目麗しい男に。

彼を見た瞬間、ずっと止まっていた時計の針がぐるぐると音を立てて回り出す音を聞いた。夢半ばにして引き裂かれつつも、胸に抱き続けた淡い記憶――

(まさか、『りっくん』なの……?)

その男は穏やかな光を宿した怜悧な瞳で、沙奈をじっと見下ろしていた。

1

「じゃ、シゲさん。幸代《さちよ》さん。行ってきますね」

沙奈は廊下の奥に向かって声を掛けつつ、広い玄関の鏡の前に立った。

ベージュのチェスターコートのボタンを留め、栗色《くりいろ》の髪を指で撫《な》でつける。シンプルな黒のデニムパンツに、同じく黒色のバレエシューズという格好はいかにも平凡なスタイルだ。身長一五五センチと小柄なせいか、この童顔がいけないのか。二十四歳という実年齢より子供っぽく見えるのが最近気になってきた。

(持って生まれたものは変わらないもんね)

はー、と小さくため息をつくと、廊下の奥からパタパタと近づいてくる足音がふたつ。

「お嬢。今日のお帰りは何時で?」

土間に下りてきたのは使用人のシゲルだ。見事な白髪をポマードで固めたオールバック。強面《こわもて》の顔に寄った皺《しわ》は優しそうに見えるが、厚手のシャツの下にはだいぶ色褪《いろあ》せた刺青《いれずみ》がある。

廊下に正座をして笑みを浮かべる女性は、シゲルの妻の幸代だ。父を亡くした今では、長年この家で働いている彼ら夫婦が家族同然の存在である。

沙奈は前髪を整えながら、うーんと首を捻《ひね》った。

「今日は早番だから六時くらいかな。もし残業になりそうだったら連絡しますから」

「わかりました。ハンカチは持ちましたか？」

「持った」

「スマホは？　財布は」

沙奈は呆《あき》れ半分で笑った。

「もう、ちゃんと持ってるから心配しないで」

「そりゃ、心配もしますよ。親父《おやじ》さんから預かった大切なお嬢なんですから。なあ」

「そうですよ、お嬢さん。子供のいない私たちにとっては宝みたいなものなんですよ」

幸代にまでそう言われ、照れた沙奈は肩をすくめる。不安そうに眉を下げるふたりの手を軽く握った。

「いつもありがとう。きっとお父さんも天国で安心してる」

夫妻は顔を見合わせてから、にっこりと頬《ほお》を緩めた。

「道中お気をつけて」

「うん！」

深々と頭を下げるシゲルと幸代に明るく手を振り、沙奈はぴかぴかに磨かれた御影石《みかげいし》の玄関を出た。

ヤクザの親分だった父――上屋敷健吾《かみやしきけんご》が遺《のこ》した屋敷は、都内にしては広大な敷地に建つ純和風建築の家だ。比翼になった入母屋造《いりもやづく》りの建物の左側には広縁があり、目の前に立派な庭がある。

いつもは玄関からまっすぐに数寄屋《すきや》門へ向かうが、今朝は庭を通ることにした。

父自慢の日本庭園には白い玉砂利が敷かれ、ところどころに石灯籠《いしどうろう》や手水鉢《ちょうずばち》などが配されている。錦鯉《にしきごい》が泳ぐ池の太鼓橋を渡って後ろを振り返ると、父の病気がわかる少し前に作り直した広縁が見えた。

そこに座ってこの庭園を見るのが、父は大好きだった。タバコをふかしつつ日本茶を啜《すす》り、沙奈が遊ぶのを相好を崩して眺めていたものだ。

懐かしい思い出に背を向け、大小さまざまな木が並ぶ林に足を踏み入れた。背の高い木は庭師を呼んで整えてもらうが、低木はシゲルがこまめに手入れしている。

シゲルは上屋敷組の元組員で、還暦を迎えた十数年前に足を洗って使用人になった。古女房である幸代とともに、長年離れに住み込んで働いてもらっているのだ。

ヒノキ造りの数寄屋門を潜《くぐ》り、階段を下りて道路に出た。少し歩くと近所の住民とすれ違い、ぺこりと頭だけ下げる。

父が亡くなってから三年経《た》っても、近所では相変わらず腫れもの扱いだ。友人と呼べるのは大学時代の同級生だけ。それがちょっと寂しい。

電車をひと駅だけ乗り、勤務先であるカフェに到着した。

沙奈が勤めるカフェ『珈道楽《かどうらく》――KADOURAKU』は、都心の繁華街からほど近い商店街にある。

蔦《つた》の絡まる白い外壁。そこに立てかけられた古めかしい木彫りの看板には『COFFEE』の文字。アンティーク調のブロンズの把手《とって》がついたドアを潜ると、途端に香ばしい香りが立ち込める。

裏口に回り店内に入ると、カウンター内に先輩の西本楓《にしもとかえで》がいた。

「楓さん、おはようございます」

「おはよう、沙奈ちゃん」

レジの釣銭を用意していた楓が、顔だけこちらに向ける。

「マスターはまだ来てないんですか?」

「宅配の荷物が届くからちょっとだけ遅れるって。お店に届けてもらえばいいのにね」

「そうですね」

軽く笑いながら、沙奈はスタッフルームのドアを開け、ロッカーにバッグをしまいエプロンを身に着ける。

マスターの姪《めい》でもある楓は沙奈より六つ年上の三十歳の女性で、沙奈がここで働き始めた時にはすでにベテランだった。明るい色に染めたベリーショートヘアがよく似合う彼女は、沙奈が見上げるほど背が高い。大人っぽい見た目どおりサバサバした性格だが、優しくてユーモアもある。

ほかに店員は三名おり、今日は若い男性がシフトに入っている。

今ではきさくな仲間たちに囲まれて日々楽しく過ごしているものの、ここに至るまでは苦難の連続だった。というのも、三年前に亡くなった父親の健吾が、指定暴力団の組長をしていたからだ。

健吾の身体にがんが見つかったのは、沙奈が就職活動を始めた大学三年の四月のことだった。

いくつもの検査を重ね、病気の進行状況が判明した時はすでに末期。その半年後、健吾は入院先の病院から一時帰宅していた時に静かに息を引き取った。

親ひとり子ひとりの暮らしは寂しく、父親がヤクザのせいで友達もできなかったけれど、家は裕福だった。

ヤクザ稼業のほかに代々受け継いでいる不動産収入もあり、沙奈は今でも広大な敷地にある屋敷でひとり暮らしている。付き合いのある身内はいない。離れに住み込みで働いているシゲルと幸代だけが頼りだ。

『いいなあ、働かなくていいじゃん』

大学時代の友人はそう言うけれど、働かなければ社会との関わりがもてない。何より張り合いがない。

そこで、周りが就職活動を始めると同時に沙奈も張りきって仕事を探し出したのだが……

ヤクザの娘に対する世間の目は想像以上に厳しかった。

健吾は病気が発覚してからいくらも経たないうちに組を畳んだ。信頼していた若頭を抗争で亡くしてから、ずっと自分の代で終わらせようと考えていたらしいのだ。

だから、沙奈も最初は高を括《くく》っていた。……が、どこからも内定がもらえぬうちに、気づけば回った会社は六十社以上、そのうち最終面接まで進んだところは十もあった。

なのに――

『上屋敷様の今後ますますのご活躍をお祈り申し上げます』

受け取った『お祈りメール』は数知れず。不採用の理由を問い合わせてもみたが、教えられないとのこと。

いくら沙奈自身が暴力団とはなんの関わりもなくても、少し調べれば父親がヤクザだったということはすぐにわかるだろう。父に恩義を感じている組員が、未《いま》だに線香をあげに来ているのもよくなかったかもしれない。

そんなことがありつつも、周りが晴れて社会人となった翌春にも就職活動を続けていた。しかし、ある日突然心が折れた。ポキッと。

そんな時、ふらりと入ったのがここ『ＫＡＤＯＵＲＡＫＵ』だった。

自宅の最寄り駅のすぐ隣の駅にあるこのカフェには、それまでに何度か来たことがあった。趣味でコーヒーを嗜《たしな》んでいる沙奈も認めるコーヒーの質と、落ち着いた雰囲気が気に入っていた。

『仕事、決まった？』

注文したカフェラテを運んできたマスターがいきなり話しかけてきた。これまでに一度だって話したことなんてなかったのに。沙奈がリクルーターだと知らないはずなのに。

『それが……』

わっと沙奈が泣き出すと、マスターが相好を崩してテーブルの正面に座った。

『よかったら話聞くよ。この時間は暇だから』

『本当ですか？　聞いてくださいよぉ……』

それがこの店のマスター、門倉《かどくら》との出会いだ。以来、たびたび愚痴をこぼしに来ていたら、ここで働かないかと誘われた。もともとコーヒーが好きだったのもあって、二つ返事で働かせてもらうことになったのである。

今ではコーヒー好きがさらに高じて、将来は自分の店を持ちたいと思っている。それだけの資金は父が遺してくれた。目下、カフェを開店するのに必要な経営のノウハウと、資格取得に向けての勉強に忙殺される日々である。

（帰ったらラテアートの練習でもしようかな。何をリクエストされても上手にできるように）

客席のシュガーやナプキンの残量を確認しながら、沙奈はいろいろな動物や人物のラテアートを頭に思い描いた。

試験勉強はもちろんのこと、コーヒーをいれる技術も話術もまだまだ足りない。たまに閉店後に門倉がアドバイスをくれるが、自分でもしっかり練習しなければ。

平日の午前中ということで客も少なく、ゆったりと時間が過ぎていった。繁華街の裏通りにあるこの店のピーク時間は午後で、正午あたりから客が増える。午後二時を過ぎた現在は、二十卓あるテーブルの半分近くが常連客で埋まっていた。

「沙奈ちゃん、ブレンドあがったよ。トレイに置いておくから」

「ありがとうございます」

背中に響くマスターの声に、沙奈は前を向いたまま返した。

傾けたカップの中に泡立てたミルクを慎重に注いでいく。注文はカフェラテで、リクエストはクマだ。顔となる部分に大きな丸を描き、その手前に鼻となる小さな丸を加える。

ミルクのピッチャーを調理台に置き、今度はスプーンでピッチャーの中の泡をすくって耳の部分に載せた。

さらに、クレマと呼ばれるエスプレッソの表面の泡を爪楊枝《つまようじ》につけ、顔を描けば完成だ。

(よし。うまくできた)

「お待たせいたしました」

トレイにコーヒーを載せて運び、見知った顔が向かい合うテーブルにカップを置く。

「奥様はカフェラテですね」

「あら、かわいい!」

クマのラテアートが施されたカップを覗《のぞ》き込《こ》み、夫婦のうち妻のほうが目を輝かせた。

「すごいわねぇ、どうやって作るの？」

「ありがとうございます。まずはエスプレッソコーヒーを抽出して、それから、機械で温めながら泡立てたミルクを注いで……」

照れつつも身振り手振りを交えて説明する。沙奈がこのカフェで働き始めてから一年ほどになるが、ラテアートはもともと趣味でやっていたため身体にしみ込んでいるのだ。

「へえ、全部手で描いてるの。たいしたもんだなあ」

向かい側に座っている恰幅《かっぷく》のいい夫が、腕組みをして感心した様子で頷《うなず》いた。

「本当にね。次に何を描いてもらうか考えてこなきゃ」

「お手柔らかにお願いしますね」

沙奈がおどけた調子で答えると、夫妻は楽しそうに笑う。

この常連客はいつも夫婦そろって訪れる。夫はホットコーヒー、妻はその日によって注文が異なり、ラテアートを望まれたのは二回目だ。

「この人ね、あなたのことを娘みたいに思ってるのよ。うちは男の子しかいなかったから」

妻の冷やかしに対し、夫が照れくさそうにして口元を緩める。

「おいおい、娘は失礼だろう。俺たちからしたら孫だよ。沙奈ちゃんみたいな孫娘ができたらいいなあ。いつもニコニコしてるし、コーヒーいれるのはうまいし――」

「それくらいにしておいてやってよ。ほかのお客さんに嫉妬されたくないでしょ？」

沙奈が照れて居たたまれなくなった頃、マスターがカウンターから助け舟を出した。マスターの門倉は銀色の口髭《くちひげ》を生やしたロマンスグレーだ。やせ形でトラウザーズにベストと身なりもピシッとしているため、彼目当てに訪れる女性客もいる。

「ごめん、仕事の邪魔しちゃったね」

「いえいえ、お客様がいつもほめてくださるので私も頑張れるんですよ」

笑みを浮かべる夫妻に「ごゆっくり」とお辞儀をし、沙奈はテーブルを離れた。

門倉から声が掛かり、沙奈はカウンターから出てきた彼に目を向けた。

「悪いんだけど、カフェラテいれてくれない？」

新聞を脇に抱えた彼は休憩する気満々だ。沙奈は、ぱあっと顔を輝かせた。

「いれます、いれます！　何描きます？」

「うーん、楓の顔かな」

「ええ……おじさん悪趣味」

楓にじろりと睨《にら》まれた門倉があからさまにうろたえる。

「そ、そう？　じゃあ俺の顔で」

「かしこまりました！　ちょっと待っててくださいね」

沙奈はいそいそとカップを手にエスプレッソマシンへ向かった。

このカフェではコーヒーはすべて自家焙煎《ばいせん》で、客の注文を受けてから豆を挽《ひ》く。まずはグラインダーで粉状にしたコーヒーをフィルターにたっぷりと詰め、タンパーでしっかりと押しつけてからマシンにセット。しばらく待ってエスプレッソが抽出されたらカップに空《あ》ける。

今度はスチームミルクの作業に取り掛かった。ピッチャーに注いだミルクをスチーマーで温めながら泡立て、適温になったところでスイッチを切る。カップを傾けてミルクを注いだら第一段階は終了だ。

（よし）

いよいよ似顔絵のターンだ。少し間違うと見栄えが悪くなるため、ここからの作業はいくら経験を積んでも緊張する。

気をつけの姿勢でこちらを向いている門倉の顔をちらちらと見ながら、沙奈は慎重に作業を進めた。彼は面長につき、スプーンですくったミルクの泡をエスプレッソの表面に縦長の楕円形《だえんけい》に載せる。それからスプーンと爪楊枝でエスプレッソをすくい、髪と髯《ひげ》を描き、最後にチョコソースで濃淡をつければ完成だ。

出来上がったラテアートを見て、我ながらよくできたと頷いた。これなら門倉も喜んでくれるだろう。

ドキドキしながら彼が待つ店の一番奥のテーブルへ運ぶ。

「マスター。お待たせしました」

「ありがとう」

ところが、新聞に目を落としていた門倉がパッと顔を上げた瞬間――

「それが客に対する態度か！」

バン！　とテーブルを叩《たた》く音とともに響き渡った怒号に、店内にいる全員が飛び上がった。それは沙奈も同じだ。カップをテーブルに置こうとした瞬間に手が震え、苦労して作ったラテアートを零《こぼ》してしまった。

慌ててカップを置き、カウンターへすっ飛んでダスターを持ってくる。

「ごめんなさい！　大丈夫ですか？」

「俺は大丈夫だよ。それより、何事だ……？」

声がしたほうに視線を凝らす門倉とともに、沙奈もそちらを見た。

昼下がりのまったりとした雰囲気を打ち破ったのは、ガラの悪そうな中年の男だ。男が座るテーブルの横で、男性のアルバイト店員が青ざめた表情で立ち尽くしている。彼は勤め始めてからひと月と経っていないのだ。

「私、ちょっと行ってきます」

「待って」

踵《きびす》を返した途端に手首を掴《つか》まれ、沙奈は後ろに引き戻された。

「でも」

「まあまあ。彼にもそろそろ勉強させてみたいじゃない。いろんなお客がいるからさ」

「そうですけど……」

店のオーナーでもある門倉にそう言われてしまっては仕方がない。男がこちらに背を向けて座っているのをいいことに、門倉の前の席に座ってしばし観察する。

「俺は新しくコーヒーをいれ替えろって言ってるだけだろ。言ってる意味わかんない？」

「い、いえ、意味はわかります」

「じゃあ早くしろよ」

「ですが、も、もう最後まで飲んでいらっしゃるので……」

「ああ⁉」

男が大声をあげると、男性店員はビクッと身体を震わせた。店内にいるほかの客も凍り付いている。

「あのな、俺はさ、お前の髪の毛が入ったコーヒーをここまで飲まされちゃったの。本当は慰謝料たんまりもらってもいいくらいなんだよ。早くしろや、ボケが！」

ガン！　とテーブルを蹴る音が響き、ついに沙奈は我慢ができなくなった。店内の隅にある席から立ち上がり、男のいるテーブルまで素早く歩いていく。

「ちょっ、沙奈ちゃん」

後ろで門倉の声がしているが、後戻りはしたくない。静かな路地裏にあるカフェの昼下がり。緩やかに流れる時間を楽しみたくて皆ここに来ているのに、この落ち着いた雰囲気を壊す者は客とは呼べない。

「お客様」

問題のテーブルで足を止めた沙奈は、ひとつ深呼吸をして声を掛けた。すると、「あぁ？」と中年の男が顔だけをくるりとこちらへ向ける。

その瞬間、沙奈は悲鳴を上げそうになった。

額と眉間に寄った深い皺に、サングラスの上から覗《のぞ》く凶悪な目つき。はだけたシャツの胸元には金色の太いネックレスが覗いている。まさかと思って男の手に目を向ければ左手の小指がない。

（でっ、でも、怖くないし。ヤクザなんて見慣れてるし……！）

「あ、あの、何か不都合な点でもございましたでしょうか？」

ガタガタと脚を震わせながら、沙奈は精一杯取り繕って男に声を掛けた。ヤクザには慣れている反面、その怖さも知っている。そこへ門倉がすっ飛んできた。

「オーナーの門倉です。いかがなさいましたか？」

彼は両手を前で合わせて腰を折った。男は自分を大きく見せようというのか、胸を反らして通路にまで足を投げ出した。

「あんたがオーナーか。ちぃと従業員の躾《しつけ》がなっとらんようじゃのう」

急に尊大な態度になったうえに、指が欠けたほうの手でわざとらしくサングラスを直す男。ここまでわかりやすく虚勢を張る男が、なんだかちょっとだけおかしい。

その時、カランコロンとドアベルが鳴り響き、戸口に三人組の若い男が現れた。先頭の男は黒のスーツ、それより若い両隣の男は紺色のスーツを着ている。一瞬クレーマー男の仲間かと思ったが、こちらはきちんとネクタイを締めている。

沙奈はそちらを見ていたが、クレーマーの男が勢いよく立ち上がった音に驚いて、急いで視線を戻した。

「おいコラ、今笑いよったな？」

男に詰め寄られた沙奈は思わず仰《の》け反《ぞ》った。

「笑っていません。あ、あの、ほかのお客様のご迷惑になりますから、少し声を――」

「俺は女だって容赦せんのやぞ！」

「お客様、おやめください！」

男がさらに距離を詰めてきたため門倉が前に立ちはだかった。しかし、小柄な彼は恰幅のいい男に押しのけられてしまった。顔を怒りに染めた男が、沙奈に向かって手を振りかざす。

「ひっ」

殴られる――その瞬間、咄嗟《とっさ》に両手で頭を庇《かば》い、身を縮こまらせる。

ところが、男の張り手がなかなか落ちてこないため、恐るおそる顔を上げた。すると、さっき店に入ってきた男のうち先頭にいた長身の男が、クレーマーの腕を捻り上げている。

「いてっ、いててて……！」

「女に手ェあげるか？　普通」

長身の男は、赤黒くうっ血するほど強く掴んだクレーマーの手を素早く彼の背中に回し、その上からテーブルに圧し掛かった。

沙奈はぱちくりと目をしばたたいた。この長身の男は細身なのにすごい力だ。

「な、なんだてめえは！　どこの組のもんだ」

クレーマーの男はテーブルに突っ伏した顔を横に捻り悪態をついた。

「お前に知らせる必要があるか？」

スーツの男が鼻で笑った途端、ぼきりと音がしてクレーマー男が悲鳴をあげる。

「ぎゃあああああっ！」

「痛いか？　痛いよなあ」

「わ……わかった！　わかったから放せって！」

「なんだ。思ったより根性ないな。この店にはもう来ないよな？　恥ずかしいもんな？」

「こ、来ない……来ないがら……は、はやぐッ」

スーツの男が手を離した瞬間、クレーマーの男はどさりと床に転がり落ちた。その男が顔をしかめて手をさする横で、トラウザーズのポケットに両手を突っ込んだスーツの男が門倉のほうを振り返る。

「あんたマスター？　このおっさん帰るっていうからお勘定して」

「は、はいっ。ただ今」

門倉が急いでレジへ向かうのを見届けてから、沙奈はスーツの男にぺこりと頭を下げた。

「あ、あの、ありがとうございます。おかげで助かりま――」

(え……?)

顔を上げた瞬間、沙奈の頭からは続きの言葉も思考も消えた。

頭ひとつ分は高い位置から見下ろす、鷹《たか》のような鋭い目。男の細い鼻梁《びりょう》は先端で小さくまとまり、柔和そうな口元が真一文字に引き結ばれている。

さらさらと風に靡《なび》きそうなツーブロックの黒髪は染めたことなど一度もないだろう。それなのに、ひと目で普通の人ではないとわかるほどの、黒いオーラがにじみ出ていた。

涼しげな顔をしているスーツの男は、かつて上屋敷組の若頭だった男の息子、新谷律哉《しんたにりつや》にそっくりだ。沙奈がずっと探していた、会いたくて堪《たま》らなかった大好きな幼なじみの顔に。

不自然な間が空いていることに気づきもせず、沙奈は男の顔をまじまじと見つめる。男は唇の端を軽く上げてみせると、仲間の男たちを促してこれまでクレーマー男が座っていたテーブルについた。

「騒がしくしてすまなかった。ここ、座っていいよな?」

男に声を掛けられ、沙奈はやっと自分が彼の顔を凝視していたことに気づいた。

「はっ……はい。大丈夫です」

「じゃ、おすすめのコーヒーを三つ頼むよ。任せるから」

「か……かしこまりました」

沙奈がカウンターに戻るのと、先ほどのクレーマー男が逃げるように店から出ていくのと同時だった。

トラブルの種が消えたおかげで、店内を流れる空気はもとに戻った。けれど、沙奈はたった今起きた出来事に心をすべてもっていかれたままだ。おそらく本人に違いない、新谷律哉に会えたことに。

「上屋敷さん、すみません。僕が至らないばかりに」

先ほど男に絡まれていた学生アルバイトが飛んできて、沙奈はハッとした。もともと青白い彼の顔から生気が失われている。沙奈は背格好の変わらない彼の腕にそっと触れた。

「ううん。気にしないで。いろんなお客さんがいるから」

「はい。今後気をつけます」

ショックから抜けきれないのか、彼は肩を落として仕事に戻っていった。

「びっくりしたね。大丈夫？」

「は、はい……なんとか」

まだ震えの収まらない手で注文のコーヒー——カフェラテを作っている沙奈に顔を寄せてきたのは楓だ。

「ちょうどあのお客さんが入ってきてくれてよかったよ。でもさ、彼ちょっとかっこいいと思わない？」

と、律哉が座っているテーブルを腰のあたりで指差す。カウンターは一段高くなっているため、向こうからは見えないのだ。

「楓さんがそんなこと言うなんて珍しいですね。……あ、カフェラテ三つ持っていくのでスプーンお願いします」

「了解」

調理台の上の藍色のソーサーにスプーンを置くなり、楓がまた近づいてくる。沙奈はミルクにスチーマーをセットしたところだ。

「あの人、もしかして沙奈ちゃんのこと気になってるのかな」

「えっ、どうしてですか？」

「さっきからチラチラ見てるから」

「そんな……気のせいですって」

楓の顔を見もせずに返し、エスプレッソが入ったカップを傾けてミルクを注いでいく。何気ないふりを装ってはいるが、すでに頰は熱い。

「でも……あれは普通の人じゃないですよね」

口にしながら、沙奈は胸にズキッと痛みが走るのを感じた。

あれが律哉だとしたら、本当にヤクザなのだとしたら、彼は沙奈との約束を破ったことになる。

新谷律哉は沙奈より四つ年上の、近所のアパートに住む少年だった。彼の父親は、沙奈の父が組長をしていた上屋敷組の若頭で、対立組織との抗争の最中に銃撃にあって死んだ。律哉が小学二年生の時だ。

沙奈が覚えている彼との一番古い記憶は、幼稚園の年長だった時のこと。

友達がおらず、ひとり寂しく遊んでいる沙奈を不憫《ふびん》に思った父が、歳が近いという理由から一緒に遊ばせるようにと若頭に命じたらしい。沙奈には母親がいなかったし、スナックで働いていた律哉の母は昼間寝ていたしで、ちょうどいい遊び相手と思ったようだ。

『なんで俺がガキの面倒なんか見なきゃならないんだよ』

律哉は時々愚痴を零したが、次の瞬間には『ん』と言って手を繋《つな》いでくれる。

広い屋敷の庭で、いろいろな遊びを教えてもらった、縄跳び、鬼ごっこ、かくれんぼにシャボン玉。夏には虫取りをして、若衆が用意してくれたビニールプールで遊んで。

『父さんが生きてたら殴られただろうから』

そう言いつつも、いつも一緒にいてくれる律哉が沙奈は大好きだった。自分も友達と遊びたい盛りだろうに、より道もせずに下校して帰ってきてくれることが、ひとりぼっちの沙奈にとってどれだけ嬉《うれ》しかったことか……

ミルクを注ぎ終えたカップを載せたトレイを、隣にいる楓の前に寄せる。

「これ、運んでもらっていいですか?」

沙奈の言葉に、楓はきょとんとしつつも頷いた。

「了解」

落ち着いた足取りでフロアへ向かう楓の姿を目で追いつつ、男を盗み見る。

高校入学と同時に母親の生まれ故郷へ引っ越した彼と会うのは、実に十二年ぶりのことだ。

沙奈が見上げるくらいの身長は、一八〇センチを優に超えるだろう。子供の頃から整っていた顔立ちはますます凛々《りり》しく、身体つきもがっしりと男らしくなった。釣り目がちなくっきりとした二重瞼《ふたえまぶた》と、笑った時に右側が強く上がる血色のいい唇は今も健在で……

十中八九、律哉に間違いない。けれど、向こうは気づいていないみたいだ。

というのも、幼い頃の沙奈は食べるのが大好きで丸々としていたからだ。今はすっかり標準体型になったものの、やや明るい色に染めた肩下までのセミロングというヘアスタイルの女なんて、そこらじゅうにいる。

あの当時、『大人になっても絶対にヤクザにはならない』と律哉は約束してくれた。

理由は、律哉の父が抗争で命を落としたから。沙奈の母親が沙奈を産んですぐに出ていったのは、ヤクザの姐《あね》になるのが嫌だったから。

ヤクザになって得るものなんて何もない。それは彼もわかっていたはずなのに——

静かにコーヒーを飲んでいた彼らは、三十分ほどして会計までやってきた。レジには門倉がいる。

「先ほどはありがとうございました。お代は結構ですのでそのままお帰りください」

門倉は丁寧に腰を折るが、「いや」と律哉そっくりな顔で男は首を横に振る。

「ちゃんと金は取らなきゃだめだ。さっきのは俺が勝手にやったことだから気にしないでくれ」

「いえ、そういうわけにはいきません」

「あのさ、店長さん」

凄《すご》みを感じる低い声。険悪なムードに発展しそうな気配に、沙奈の胸が逸《はや》りはじめた。ヤクザに口答えするとろくなことがないのに、門倉はわかっていない。

「は、はい……なんでしょう」

「客に甘い顔ばかり見せてると、ガラの悪い奴《やつ》らに付け入る隙を与えることになる。最近は変なのが多いから気をつけてよ。はい、お勘定」

「そ、そうですか？　では……」

スムーズに会計が行われるようで、沙奈はホッとした。男が財布から現金を出すところをちらりと横目で見る。クレジットカードによる支払いなら名前が確認できたのに残念だ。

彼らが店から出ていき、門倉がカウンター内に戻ってきた。

「最近は変なのが多いから気をつけろって忠告されちゃったよ。ヤクザじゃなかったのかな？」

話しかけられた楓が首を捻る。

「でも、いい人だったね。あのクレーマーのおじさんは出禁にしましょう」

「そうだな。ほかのみんなにも周知しておかないと」

彼らの会話をよそにテーブルの片づけに向かいつつ、店の外にいる先ほどの男の姿を目で追う。

三人は立ち話をしているようだ。

（どうしよう。人違いかもしれないけど、これを逃したら二度と会えないかも）

追いかけたくてうずうずしながらカップをトレイに載せる。すると、テーブルの上に店の備品ではない銀色のライターがあるのを見つけた。

（これは……忘れ物？）

だとしたらチャンスだ。もう少し話をして、彼が律哉だという確信を持ちたい。

ライターを手にすると、トレイをテーブルに置いたまま急いでドアに向かって走る。

「すみません、お客様の忘れ物を届けてきます！」

カウンターに向かって言い残し、沙奈は店の外に飛び出した。店内にいる時点で彼らはすでに歩き出していたが、今ならまだ間に合うはずだ。

まばらな雑踏の先に、若い男たちと並んで歩く男を見つけた。

急いで駆け出した沙奈だったが、ふと妙案を思いつき自動販売機の陰に身を隠す。このままあとをつけていけば、男がいる事務所の場所がわかるかもしれない。こんな裏通りの商店街に立ち寄るくらいだから、きっと近くなのだろう。

「じゃ、カシラすんません。ご馳走様《ちそうさま》でした！」

「あざっした！」

「おう、気をつけて帰れよ」

少し離れた曲がり角で、男は子分たちと別れた。子分たちは直進し、男は右に曲がる。男の歩くスピードが急に速くなったため、沙奈も急いで交差点を曲がった。

しかし。

「ひゃあっ」

細い路地に入った途端に手首を掴まれ、心臓が飛び出るかと思うくらいにびっくりした。遥《はる》か高い位置から、鷹のように鋭い目が見下ろしている。

「俺になんか用？」

「あ……ああ、あの」

沙奈は猛禽《もうきん》に見据えられたウサギみたいに固まった。華奢《きゃしゃ》な白い手首をがしりと掴む手。大人の男の武骨な指に、胸が激しく高鳴る。

「こっ、これ、忘れ物じゃないかと思いまして」

沙奈はおずおずと銀色のライターを差し出した。男がそれを受け取った際に指先が触れ、沙奈の胸はドキンドキンと音を立てた。

「ああ、悪いな。……なんだ。俺に気があるのかと思ったのに」

「ち、違います…！」

「冗談だよ」

彼の鋭い目元が柔らかく弧を描く。口が大きく横に広がり、きれいに並んだ白い歯が覗いた。

（わ、笑ったぁ……）

その笑顔が子供の頃のままだったため、沙奈は全身を熱い血が駆け巡るのを感じた。やはりこの男は律哉に違いない。大人になった彼の姿を想像したことは何度もあったけれど、この端正な笑顔は思っていた以上に素敵だ。

「まだ何かある？」

優しい声で尋ねられて、沙奈は汗ばんだ手を握りしめた。

「い……いいえ」

（もしかして、りっくん？）

そのひと言がどうしても出てこない。ヤクザ相手に、もしも人違いだったら大変なことになる。仮にそうだと言われたところで、いったい何を話せばいいのだろう。

黙ったままでいると、小さく笑う声が聞こえた。顔を上げた視線の先に、あの頃を思わせる優しい笑顔が揺れている。

「コーヒーうまかったよ。また行く」

彼はそれだけ言うと、くるりと踵を返してどこかへ消えていく。その背中を、沙奈はただ立ち尽くして見送るしかなかった。

あれから一週間が過ぎたが、律哉は一度も店に現れなかった。前の客が座っていたテーブルを拭きあげつつ、沙奈は心の中でため息を洩《も》らす。

(来るって言ってたのに……)

あの日からずっと、寝ても覚めても律哉のことばかり考えている。

彼が引っ越したのち、どうしているのかずっと気に掛かっていた。考えてみれば聞きたいことも話したいこともたくさんある。それなのに、忘れ物のライターを持って追いかけた時に、あのひとことが出なかったことが本当に悔やまれた。

舎弟らしき男たちから『カシラ』と呼ばれていたことから、彼がどこかの組の若頭であることは間違いないだろう。住まいは見当もつかないが、事務所は近くにあるはず。そう思い、仕事を終えた帰りにふらふらとさまよってみるも、この一週間のうち律哉に会うことはなかった。

(これまで十七年のあいだ一度も会わなかったんだもん。そう簡単に会えるはずないよね……)

その時、カランコロンとドアベルが鳴り、ドキッとして振り返る。

「毎度！」

入ってきたのは新聞配達員だ。いつも来てくれる年配の配達員は、カウンターの上に夕刊を置くとすぐに出ていった。

(心臓に悪いなあ)

最近は客が来るたびにこの調子だ。

「あの人来ないね」

唐突にカウンターから楓の声が響き、沙奈は飛び上がった。店内には珍しく客がひとりもいない。

「あの人って？」

「例のちょい悪な感じのイケメン。沙奈ちゃんも気になってるんじゃない？」

「そっ、そんなことないですよ。なんかヤクザっぽかったし」

食器を満載したトレイを手にカウンターへ入り、ステンレスの調理台に置く。楓は食洗器からグラスを取り出している最中だ。

「うちはこの立地だから、昔からガラの悪いお客が多いのよ。でも、あんなイケメンのヤクザいる？」

「今のヤクザって見た目じゃわからないらしいですよ。それにあの人、カシラって呼ばれてました」

「カシラってことは、あんなに若いのに組長なんだ。すごいね」

かえって顔を輝かせる楓に、沙奈は開きかけた口を思わず閉じた。『カシラ』とは若頭のことを指すが、一般の女性はそんなこと知らないだろう。

どう取り繕おうかとまごまごしているうちに、ドアベルが鳴った。

「あ、お客さんだ。——いらっしゃいませ！」

これ幸いとばかりに大きな声で言って、素早くカウンターから飛び出す。

入り口に立っている初見の客は、律哉とそう歳の変わらなそうな短髪の男だ。やけにガタイのいいスーツ姿の男性は、ぺこりと頭を下げた。

「すみません、客じゃないんです」

「大丈夫です。何か御用でしょうか？」

沙奈の言葉に、凛々しい風貌の男性は頬を緩めてスーツの内ポケットに手を入れた。取り出してこちらに向けたのは警察手帳だ。

「暴力団対策課の二ノ宮《にのみや》と申します。本日、店長さんは……？」

「すみません、マスターはただ今出かけておりまして」

「どうかしましたか？」

隣に楓が並んでホッとした。繁華街が近いためか、たまにこうして刑事が来るのだと以前から彼女に聞いている。

二ノ宮はにこやかな笑みを浮かべて、沙奈と楓の顔を交互に見た。

「最近この辺りで起きた暴力団絡みの事件についてお伺いしたくてお邪魔しました。もしお忙しくなければ、おふたりにお話を聞いてもよろしいでしょうか？」

「今でしたら大丈夫ですよ。よろしかったらこちらにお掛けください」

楓の案内で彼はカウンター席に座った。その隣に楓が立ち、沙奈はカウンターの中へ引っ込みコーヒーの準備に取り掛かる。見知った顔や商店会の人が訪れた時など、ドリンクを出して構わないと門倉から言われているのだ。

「おとといの夜、このすぐ前の通りで傷害事件があったのはご存知ですか？」

「ああ、ありましたね。私はその時店にはいなかったんですけど……」

沙奈はコーヒーをカップに注ぎながら、二ノ宮と楓の話に耳を傾ける。

おとといの晩、沙奈が退勤した少しあとに女性が襲われる事件があったことは、門倉から聞いていた。その時間はまだ営業中で、まばらにいた客は外の騒ぎに騒然としていたそうだ。

「女性は付近にいた男性に助けられて無事でした。ただ、助けに入ったのが暴力団の構成員で、女性を襲った別の組織の者と思われる男たちと喧嘩《けんか》に発展したようなんです」

神妙な面持ちで語る二ノ宮は暴力団対策課の刑事にしては柔和な顔立ちだ。子供の頃に家の近くでよく見かけた強面の刑事たちとは、ちょっとイメージが違う。

「もしかして、そのうちの誰かが怪我《けが》をしたんですか？」

怯《おび》えながら尋ねた楓に、二ノ宮が頷く。

「暴力団の男が救急車で運ばれましたが、大事には至らなかったようです」

「あの……！」

沙奈が突然割って入ったため、ふたりの視線がこちらを向いた。

「ごめんなさい、急に。それで……怪我をしたのはいくつくらいの人ですか？」

尋ねた沙奈に対し、二ノ宮が一瞬訝《いぶか》しげな表情を見せる。

「四十歳代の男です」

「そうですか」

沙奈はこっそりとため息を洩らした。喧嘩をしていたのがこの付近の暴力団だとしたら、怪我をしたのは律哉かもしれないと思ったのだ。

コーヒーを注いだカップをカウンター越しに差し出すと、二ノ宮は礼を言って受け取った。早速ひと口啜った彼の口元に、満足げな笑みが浮かぶ。

「うん……おいしいな」

「ありがとうございます」

「では、あなたはその場から逃げた暴力団の男はご覧になってないのですね？」

カップをソーサーに戻した二ノ宮は、刑事らしい目つきで沙奈を見た。

「はい、私はその少し前に退勤していますので」

「なるほど。ほかの方は？」

「おとといのその時間は、マスターとアルバイトがひとりいたみたいです」

沙奈の言ったことを頷きながらメモを取る二ノ宮を見ていたら、ふと妙案が浮かんだ。暴対課の刑事ならきっとこの辺りの暴力団には詳しいはずだ。もしかしたら、律哉がいる組織の名前がわかるかもしれない。

「ほかに何か困ったことや変わったことはありませんか？　ここは繁華街に近いから、ガラの悪い連中も来るでしょう」

二ノ宮の言葉に被《かぶ》せるように、楓が声をあげる。

「先週のことなんですけど、ヤクザっぽいお客さんに因縁つけられたんですよ。でも、そこへ……」

記憶に新しいクレーマー男の件について、楓は事細かに説明した。男と律哉の特徴やふたりのやりとり、ついでに、律哉がライターを忘れていったことも。

「……で、そのライターを沙奈ちゃんが届けに行ったんだよね」

急に話を振られて、沙奈はドキッとしながら頷いた。二ノ宮が険しい表情でこちらを見る。

「届けに？　まさか暴力団の事務所にですか？」

「いえ、その辺の路上にまだいらっしゃいましたので」

「何もされませんでしたか？」

「特には……」

「そうですか。路上とはいえ、怪しい男とふたりきりにならないほうがいい」

彼はいったん視線を外したものの、ふたたび何かを思いついたように沙奈に目を向けた。

「あなたのお名前は？」

「上屋敷……沙奈です」

「上屋敷……？」

手帳にメモを取っていた二ノ宮が、上目遣いにこちらを見つめる。

沙奈はごくりと唾をのんだ。上屋敷という姓は珍しい上に、この界隈《かいわい》では『ヤクザの親玉』という認識で通っている。暴対課の刑事なら当然聞いたことがあるだろう。

犯罪者を見るかのような目に耐え兼ね、沙奈は視線を外した。……とそこへ、カランコロンとドアベルの音が。

「いらっしゃ――」

これ幸いと振り向いたところ、入り口に立っていた人物を見て沙奈は言葉を失った。

律哉だ。彼は黒いスーツにグレーのシャツというい出で立ちで、両手をトラウザーズのポケットに突っ込みこちらを見ている。

「来た……！　刑事さん、助けてくれた人ってあの人ですよ」

楓が小声で伝えるのが聞こえる。

沙奈は入り口へ向かったが、律哉の視線は沙奈を捉えていなかった。彼の鋭い眼差《まなざ》しの先にあるのは二ノ宮の顔だ。ふたりは互いをけん制するかのごとく、火花が散るほど睨みあっている。

つかつかと歩いてきた二ノ宮が律哉の前で立ち止まった。こうして並ぶと、律哉のほうが十センチほど背が高い。

しばらく睨みあったのち、沙奈のほうを向いた二ノ宮がにっこりと笑みを浮かべた。

「コーヒーご馳走《ちそう》様。では、店長さんがお戻りになったらこちらに連絡してください。沙奈さん、くれぐれも気をつけて」

「は、はい。わかりました」

名刺を沙奈に手渡して、彼は律哉を一瞥《いちべつ》したのち店を出る。

(ん……？　今、名前で呼ばれた？)

律哉に視線を戻すと、彼はドアについた明かり取りの窓から見える二ノ宮の後ろ姿を、まだ目で追っていた。

「失礼しました。おひとり様ですよね？　こちらへどうぞ」

通りから見えない一番奥の席に案内して、冷水の入ったコップとおしぼりを持っていく。

「先日はありがとうございました」

ぺこりと頭を下げた沙奈に、律哉はわずかに唇の端を上げてみせる。

「このあいだのコーヒーを頼む」

「かしこまりました。カフェラテですね」

沙奈はにっこりと笑顔で応じた。気に入ってくれたのだろうか。

すぐにカウンターへ戻ろうとすると、後ろからがしりと腕を掴まれた。

(ひっ)

強く後ろに引っ張られたせいでよろめいてしまい、律哉に背中を支えられる。

「ああ、悪い。……さっき、あの刑事と何を話した？」

振り返ったところ、彼の涼やかな顔がすぐそばにあった。ドッキン、ドッキンと胸が壊れそうに音を立てている。見れば見るほどイケメンだ。

「お、おとといこの近所で起きた傷害事件のことでいくつか聞かれたんです。でも、私が仕事から上がったあとで起きたことなので、お話しできることは何もなくて……」

「それだけ？」

「はい」

律哉の切れ長の目が細くなる。

「ここ最近で危ない目に遭ったことは？」

「え？　そういうことはなかったと思いますけど……？」

小首を傾《かし》げつつそう答える。律哉の顔つきはやけに真面目だが、何を考えているのかわからない。

「そうか。ならいい」

話は終わりだ、とばかりに彼が席についたため、沙奈は腑《ふ》に落ちない思いで踵を返した。襲われたのは通りすがりの女性なのに、どうして自分が心配されるのだろう。

カウンター内に戻ると、いつの間にか門倉が戻っていた。

「お帰りなさい。刑事さんが来た話、楓さんから聞きました？」

はい、とエプロンのポケットから取り出した二ノ宮の名刺を渡す。

「聞いたよ。あとで電話してみる。ところで、あのお客さんと仲良くなったの？」

コーヒー豆の封を切りながら、門倉が視線で律哉を示す。

「別にそういうわけじゃありません」

なんだ、と楽しそうに言ったのは楓だ。

「すごく近い距離で話してるからドキドキしてたのに。さっきの刑事さんも沙奈ちゃんだけに名刺渡したし、モテモテじゃない？」

「もう、からかわないでくださいよ～」

わざとおどけたように言ってカフェラテの用意に取り掛かるのは、熱くなった顔を隠すためだ。入り口に立つ律哉の姿を見た時、心臓が破裂するかと思った。繋がった——そう思ったのだ。

夜十時を回り、勤務時間を終えた沙奈は駅に向かう通りを歩いていた。

ゆっくりと進みながら考えるのは律哉のことだ。彼はあれから三十分ほど店にいたが、そのあいだ何をしていても気になって仕方がなかった。

彼は端正な顔立ちだから、ぱっと見シャツが白や水色だったら休憩中のビジネスマンに見えるだろう。

中学時代の律哉はスポーツ万能に加えて成績優秀で、生徒会長まで務めていたらしい。最後に話した時には大学を出て東京でサラリーマンになると言っていたのに、あれから彼の身に何があったのだろうか。

そろそろ表通りというところまで来た時、ぐう、と沙奈のお腹《なか》が鳴いた。昼過ぎにシフトに入ってから何も食べていないため、お腹がペコペコだ。

(今日の夕飯は何かな)

家に帰ればすぐに夕飯が出てくるのがありがたい。

律哉はひとり暮らしなのだろうか。もしそうだったら、有り余っている部屋を改装して彼に住んでもらいたいくらいだ。父が生きていたらきっとそうしただろう。

信号のない交差点を曲がると、表通りのきらびやかな明かりが見えた。途中少し薄暗くはあるけれど、これが近道なのだ。

狭い路地と交わる部分に差し掛かった途端、急に男が目の前に飛び出してきた。

「ひゃっ」

沙奈はびっくりして立ち止まった。しかし、直後に素早く周りを取り囲まれて、彼らがただ意味もなく路地から出てきたのではないのだと気づく。

「死にたくなければ声を出すな」

低い声で囁《ささや》いてきたのは、黒ずくめの男だ。ほかに、ホスト風の若い男とスカジャンを着た金髪の男、中年の太った男の合わせて四人が、四方に立ちはだかっている。

(いったい何が起きてるの……⁉)

凍り付いた沙奈は悲鳴をあげることもできずに、陸に上がった魚みたいにぱくぱくと口を動かした。叫びたいのに声が出ない。逃げたいのに脚も動かず、ショルダーバッグの肩紐《かたひも》を握りしめる。

「おい、早く車へ運べ」

黒ずくめの男がそう発した途端、ふたりの男に同時に腕を掴まれた。

「ちょっ……や、め――」

やっとのことで絞り出した声は、口に押しつけられた大きな男の手に奪われた。ビルのごみ箱やエアコンの室外機が並ぶ暗い路地に連れ込まれそうになり、いよいよパニックになる。路地はビルの裏口ばかりで、ひと気なんてない。

(誰か助けて！　お願い！)

後ろに引きずられながらジタバタと脚を動かすが、男四人がかりではどうにもならなかった。万事休す、と思った瞬間――

「きゃっ」

どすん、と何か重いものがぶつかるような音がして、地面に投げ出された。

次に聞こえたのは男の呻《うめ》き声《ごえ》だ。腰をさすりながら身体を起こすと、目の前で男たちがバタバタとなぎ倒されている。

(え……？)

突如現れた救いの手に、沙奈は目を見張った。すらりと背の高い黒色スーツの男――助けに現れたのは律哉だ。

彼は飛び掛かってきたホスト風の男の拳を素早くかわし、その勢いで太った男に殴りかかった。直後に後ろから羽交い絞めにしてきたスカジャンの男に頭突きを食らわせ、最後に黒ずくめの男を足払いで転ばせる。

「走れ！」

律哉に強く手を引かれた沙奈は、転びそうになりながら駆け出した。

「待てコラー！」

怒号が迫るビルの谷間。壊れかけた車輪のついた看板や自転車などが放置された路地を、ブーツの踵を鳴らして走る。

こんな状況なのに、沙奈は幼い頃に彼と手を繋いで走り回ったことを思い出していた。

桜の花びら舞い散る春。草《くさ》いきれに満ちた暑い夏の日。しんしんと雪が降る冷たい冬の夕暮れ……いつも、どんな時でも、自分の手よりも少し大きな手を握って放さなかった。

「待って……苦しい！」

「もうちょっとだから頑張れ！」

息が切れてどうしようもなくなった頃、急に視界が開けた。そこは少し広い通りで、住宅と小さな町工場、あいだにぽつぽつと昔ながらの商店が軒を連ねている。

「あの車に乗れ！」

走りながら律哉が指差した方向には、黒塗りのＳＵＶが停《と》まっている。

繋いだ手が離れ、沙奈は助手席側に回った。ドアの中に飛び込むと同時に、重たげな音を立ててエンジンが始動する。思い切りアクセルが踏み込まれたのか、タイヤが空転してから走り出した。

（助かった……！）

沙奈は車のシートに身を預け、はあはあと肩で息をした。しかしその直後、後方からタイヤの軋《きし》む音が聞こえて振り返ると、別の車が猛スピードで向かってくる。

「くそっ、追いかけてきた！　掴まってろ」

「きゃっ」

沙奈は急いでドアの上部にあるグリップを掴んだ。身体に掛かる重力と走行音が恐ろしくて、思わず息をのむ。

沙奈を乗せた車はクラクションを響かせながら、交差点ごとに左右に曲がり住宅街を走り抜けた。まるでハリウッド映画のカーチェイスだ。けれどここは日本の狭い道路で、通行人もいれば自転車も走っている。目の前に急に車が現れたら一巻の終わりだろう。

幾度か道を変え、片側一車線ずつの道路に出た。しかし、すぐ目の前にノロノロと走っている車がいて、鋭く息を吸う。

(ぶつかる……！)

ギャギャギャ、とものすごい音を響かせて、律哉のＳＵＶは蛇行して車を避けた。直後に対向車がクラクションを鳴らして通り過ぎ、内臓が飛び出るかと思うほどびっくりした。

ドッドッドッ、と心臓が早鐘を打っている。信じられない。これではヤクザに拉致されるどころか、交通事故で死んでしまう。

「む、無理……無理……お父さぁんッ」

あまりの恐怖に涙ができた。天国の父も、娘がまさかこんなことで死ぬとは思っていないだろう。

「よしよし。あとで慰めてやるから黙っててくれ」

ぽんぽん、と優しく頭を叩かれ、ヒッと声をあげる。

「片手運転、ダメ！」

「わかったわかった」

軽くあしらうように言って、律哉はアクセルを踏み込む。その横顔が本当になんの焦りも感じていなさそうだったため、沙奈は妙な安堵感とともにため息をついた。

それから十五分は走り続けただろうか。車のスピードはだいぶ緩み、国道から一本道を逸れた鉄道のガード近くを走行している。

「ようやく撒《ま》けたか……ったく、しつこい奴らだ」

車のスピードと律哉の声からしてどうやら難は去ったようだ。けれど今、沙奈は別ののっぴきならない事情で苦しんでいた。

「おい、どうした？」

律哉がこちらを向いた途端、その事情が急に差し迫り、手を口元に持っていく。

「う……吐きそ……」

「ちょっ、待て待て！　あと二分だけ！」

律哉ができるだけ揺らさないよう運転してくれたおかげで、目を白黒させながらもなんとか目的地にたどり着いた。沙奈が連れていかれたのはどこかのマンションだ。吐き気を抑えるのに必死で外観すらよく見ていないが、エレベーターの乗り心地は優しかった。

部屋に着くなりトイレに駆け込んだ沙奈は、その後、ふらふらと明かりのついたリビングにやってきた。

「うう、何も出ませんでした……ちょっと失礼します」

沙奈はリビングに入るなり二人掛けのソファにうつ伏せに横たわった。何も出ないからこそ、気持ち悪さが抜けない。すきっ腹にカーチェイスはやはりだめだ。

「普通そんなこと言うか？　ほら」

律哉はくすくす笑いながら、水を注いだグラスをテーブルに置いた。礼を言ってのそりと起き上がり、水をひと口含むと少しスッキリする。

ふたたびソファに伏せて目を閉じると、横に律哉がしゃがみ込む気配があった。髪をくしゃりと撫でられ、急にドキドキが始まる。

「ちょっと不用心すぎるな。こんな簡単に男の部屋に転がり込んで横になるか？」

目の前にある律哉の顔は、優しさと色気がないまぜになったような表情だ。

がばりと飛び起きた沙奈は、先ほど飲んだ水の入ったグラスをじっと見つめた。特別おかしな様子はない。チッと舌打ちする音が聞こえた。

「何も入ってないって。失礼だな」

文句を言いつつも彼は楽しそうだ。沙奈はソファの上に正座して両手を膝の上に置いた。

「あの……さっきは助けてくれてありがとうございました」

「どういたしまして」

「え……と、あなたの……名前は？」

スーツのジャケットを脱いだ律哉はシャツを腕まくりしている最中だ。彼の腕は太くて逞《たくま》しく、うっすらと血管が浮いている。

「名前なんて聞いてどうする？」

「聞いちゃだめなんですか？」

フッと律哉が噴き出した。

「お前、面白いな。椋本《くらもと》だよ。椋本柊斗《しゅうと》」

（えっ）

予想していたのと全然違う名前が返ってきたため、薄く笑みを浮かべる彼の顔をじっと見た。まさか別人だったのだろうか。完全に律哉だと思い込んでいただけに、頭が真っ白になる。

こちらの反応を待っているかのごとく、椋本と名乗った男が見つめてくる。彼が律哉でないとしたら、本物のヤクザと密室にふたりきり……？

急に冷静になった沙奈は、ソファから立ち上がり床に転がっていたバッグを掴んだ。

「私、帰ります！」

「おっと」

急いでドアへ向かったところ、男が両手を広げて出口に立ちはだかる。

「そこをどいてください。帰るんですから」

「帰さないと言ったら？」

「きゃっ」

突然手首を掴まれ、乱暴に背中を壁に押しつけられた。強面ながら端正な顔がすぐ目の前に迫り、心臓が激しく拍動する。

「助けてもらったお礼は？」

男が律哉の顔で不敵な笑みを浮かべた。その切れ長の目を、沙奈は思い切り睨みつける。

「やっぱりヤクザですね」

絞り出した声は震えている。その途端彼が真顔になり、沙奈は恐怖を覚えた。

「悪いかよ」

低くかすれた声が聞こえた直後、沙奈の唇は素早く奪われた。

思いがけず柔らかな唇が、沙奈の唇の上を激しくうごめいた。どうにかして逃れようとするけれど、両手を壁に縫い留められたうえに、身体を押しつけられているため身動きができない。

「ん……んんっ！」

男の唇はすべすべとあたたかく、赤ちゃんの肌みたいだった。痛いほど強くこすったかと思えば、ついばむように吸い立てたり、舌でなぞったりする。

その獣じみた動きは、男の欲望をそのまま伝えているようだった。気づけば吐息が勝手に洩れている。沙奈だけでなく、律哉の顔をした男もまた。

初めての官能的な行為に、沙奈は頭のてっぺんがチリチリと痺《しび》れるのを感じた。呼吸は苦しく、鼓動は全力疾走してきたかのように速い。この人は本当に――

(りっくんじゃないの……?)

沙奈はカッと目を開き、身を捩《よじ》って束縛から逃れた。

渾身《こんしん》の力を込めて椋本を突き飛ばし、玄関に向かって走る。……が、急いで開けようとしたドアは鍵がかかっている。最近のマンションの内鍵なんて見たこともなく、どうすれば開くのか見当もつかない。

くすくすという声が聞こえて振り返れば、椋本が笑っている。律哉にしか見えないあの顔で。

「笑ってないで開けてください！」

半べそをかきながら抗議すると、彼が玄関に下りてきた。それまで気づかなかったコロンの匂いが、ふわっと香る。

鍵は難なく開いた。その瞬間に急いでドアを開け、沙奈は廊下に飛び出す。

「また店に行くから」

閉まりかけたドアのあいだに、人を虜《とりこ》にしそうな笑みを浮かべる椋本の顔が見えた。

（店に来る、ですって？）

走って向かったエレベーターのボタンをバチバチと押し、やってきたエレベーターに急いで乗る。

ここは九階だったようだ。いつの間にか車酔いもすっかり治っており、エレベーターの造りからここが比較的新しいマンションなのだと知る。

エントランスホールは広く、シンプルながらも洗練されていた。外に出てポストへ回ってみるが、『椋本』という名前はない。

名前を掲げていないということは、彼が本当は律哉である可能性がある。……いや、あれは誰がなんと言おうと律哉だろう。あんなにそっくりな人が世の中に何人もいては困る。

その時、ふと思い出した。律哉の右胸には大きな古傷があったはずだ。沙奈が原因で起きた事故による傷が。でも、それを確認するには裸になってもらわないと……

（うわぁ……）

彼の素肌を想像した途端にキスの感覚がよみがえり、思わずしゃがみ込んだ。焼けた石みたいに熱くなった頬を両手で包む。

（どうしよう、キスしちゃった。ファーストキスだったのに……！）

2

今年の冬は例年に比べて寒いようだ。鮮烈な朝の空気に頬を刺されながら、沙奈は速足でKADOURAKUへ向かっていた。

見知らぬ男たちに拉致されかけたあの晩から二日が過ぎたが、律哉のことを、あの口づけを思い返さない時間は一秒たりともなかった。幼い頃の話とはいえ、結婚まで誓い合った仲なのだ。その相手に偽名を使われ、あんなふうに唇を奪われるのはちょっと悲しい。

(でも、かっこいいんだよね……)

沙奈を守るため、四人のならず者たちにひとりで立ち向かった彼の勇敢さが忘れられない。律哉が助けに来てくれなかったら、今頃どうなっていただろうか。

「おはようございます」

裏口から入った沙奈が挨拶すると、すでに開店準備に取り掛かっていた門倉と楓が振り向いた。

「おはよう、沙奈ちゃん。拭き掃除やっておいて」

「了解です」

スタッフルームでエプロンをつけた沙奈は、洗面所から古いダスターを持ってきて窓を拭き始めた。それが終わったら今度は新しいダスターでテーブルを拭き、最後に紙ナプキンやシュガーなどの残量をチェックする。

マスターはこの時間いつもコーヒー豆の選別や焙煎に忙しい。その他のメンバーは料理の下ごしらえをしたり、サラダやデザート類のストックを作ったりしている。

平日はこの人数でも事足りるが、土日はパートにも来てもらう。基本的に土日は休めないため、数少ない大学時代の友達になかなか会えないのが寂しいところだ。

沙奈がテーブルのあいだをちょこちょこと動き回っている最中、門倉と楓が手を動かしながらおしゃべりをしている。

「昨日、俺が留守してるあいだにどっちか来た？」

「どっちかって、椋本さんと二ノ宮さん？」

「そうそう。あー、あの刑事さん二ノ宮さんっていうんだっけ」

うん、と楓。

「二ノ宮さんはわからないけど、椋本さんだったら三時過ぎに来店したよ」

（えっ）

沙奈はテーブルを拭く手をピタリと止めた。律哉が来ると知っていれば、休みを返上してシフトに入ったのに。

あれからすっかり足繁《あししげ》く通ってくるようになった彼らだが、決して同じ時間には現れない。おそらくは互いの『指定席』を把握していて、敵がいないことを外から確認して来店しているのだろう。

「ふうん。あのふたり面白いよね。犬猿の仲っていうのかな」

「ヤクザと刑事だもんね。といっても、椋本さんはめちゃくちゃいい人だけど」

「それなんだよ彼に『暴力団お断り』のステッカーを貼るように言われたけど、なんか貼りづらくて」

店の窮地を救ったおかげで、律哉はすっかり彼らのヒーローだった。偽名を使うヤクザは珍しくないけれど、沙奈にまで秘密にするのは、やはり気づいていないということか。

(確かに面影ないってよく言われるけど)

ちょっと残念ではあるけれど、とりあえず繋がってはいる。再会できるとは思っていなかっただけに、それでじゅうぶんありがたい。


夜になり、勤務を終えた沙奈は挨拶をして裏口から外に出た。冬のこの時間は真っ暗で寒く、駅まで向かうのすら億劫《おっくう》だ。けれど、そんな不満を少しでも口に出そうものなら、シゲルが送り迎えをしかねないため黙っている。彼にとって沙奈は未だに『大切な組長のお嬢さん』なのだ。

マフラーに鼻まで突っ込み、ブーツの踵を鳴らして歩く。すると、どこからか声が掛かり、沙奈はびくりと肩を震わせた。

「ああ、やっぱり沙奈さんだ」

横断歩道の向こうから走ってやってきたのは二ノ宮だ。彼は黒のダウンジャケットにジーンズというラフな格好をして、ボディバッグを斜め掛けにしている。

「こんばんは。もしかして、今お店に来られるところでした？」

沙奈が尋ねると、彼は寒さで赤くなった鼻を啜って頬を緩めた。

「バレました？　今日は公休なもので、夕食がてらお邪魔しようと思っていました」

「そうなんですね。じゃあゆっくりなさってください」

「あっ、沙奈さん」

失礼します、と頭を下げてその場を去ろうとしたところ、二ノ宮に呼び止められる。

すると、二ノ宮がさりげなく沙奈の正面に立った。心なしか顔が赤らんでいる。

「沙奈さんは、今日はもうあがりですか？」

「はい。早番でしたので」

「よろしかったら、一緒にお茶でも飲みませんか？」

「ええと……お茶ですか」

家では幸代が夕食の支度をして待っているはずだ。なんと言って断ろうかと考えている隙に、二ノ宮が先に口を開く。

「もちろん、沙奈さんがお勧めのカフェでなくても結構です。どこか別のお店を――」

彼がスマホを手にした時、ちょうど車の音が途切れて沙奈のお腹が、ぐーっと鳴った。

「すっ、すみません！　早番でお昼が早かったので……」

こんなタイミングで、しかも屋外でも聞こえるほどの大音量とは、なんと恥ずかしい。早番は昼の賄いが十時半のため、退勤する頃にはいつも腹ぺこなのだ。

二ノ宮は男らしい眉を八の字に下げ、楽しそうに笑った。おかげで救われる思いだ。

「じゃあどこかで食事でもしましょう。おごりますよ」

「いえいえ、そんなわけにはいきませんよ。お客さんにご馳走になるなんて」

「お客さん……お客さんか。そうだよなぁ」

ひとり言のように呟《つぶや》いた二ノ宮が、突然パッと顔を上げる。

「でも、こうして外で会うぶんには客とか店員とか気にしなくていいでしょう。お互いに腹の減った同士、あまり気負わずにサクッと飯だけ食いましょうよ」

「は、はあ」

『気負わずにサクッと』という軽いフレーズに誘われて歩き出し、並んで歩くうちに店についてしまった。やってきたのは駅前通りにあるファミレスだ。こういう店なら気を使わなくてすむかもしれない。シゲルと幸代には謝罪のメッセージを送った。

「もっと気の利いた店ならよかったんですが、申し訳ありません」

席に着くなり、二ノ宮が不甲斐《ふがい》なさそうに頭を掻《か》く。黒髪短髪にはっきりした眉の彼は、イメージにたがわず実直な性格だ。

「そんなことないです。私ファミレス大好きですよ。二ノ宮さん、何食べます？」

「私はえーと……このとんかつの和定食で」

「そう来ましたか。じゃあ私はトマトクリームのリゾットにイチゴのミニパフェもつけちゃおう」

思わず頰を緩めると、二ノ宮がクスッと笑った。

「沙奈さんは甘いものが好きなんですね」

「大好きです！　……そういえば二ノ宮さん、コーヒーはブラックしか飲まれませんね」

「よくご存じですね」

「常連さんの好みはだいたい把握してます。ミルク多めとか、シナモン追加とか」

店員がやってきたため、そこで世間話は途切れた。店員はオーダーを取ってすぐにいなくなったものの、会話の糸口はなかなか見つからない。警察関係の仕事は秘密が多いというではないか。

所在なく水の入ったグラスを傾けたところ、二ノ宮が口を開く。

「申し訳ありませんが、あなたのことを調べさせてもらいました」

沙奈は、ゴフッと水を噴き出した。

「す、すみません。……それって、父のことですよね」

零れた水をおしぼりで拭きつつ、ちらりと二ノ宮の顔を窺《うかが》う。彼はすまなそうな表情で頷いた。

「あなたにしてみればあまり気持ちのいい話ではないでしょう。ですが、知っているのに知らないふりをするのが苦手な性分で……勝手に調べてすみませんでした」

テーブルに頭をぶつけそうな勢いで首を垂れる二ノ宮を、沙奈は急いで制する。

「二ノ宮さんが謝る必要はありませんよ。お仕事柄、『上屋敷』という名前を聞いただけで気がつかれるのが当たり前ですから」

彼は半分顔を上げ、上目遣いに沙奈を見た。

「もしかして、普段から嫌な思いをされてるとか？」

「嫌な思いと言っていいのかわかりませんけど、実は――」

沙奈は、おそらく父の過去の仕事のせいで、学生時代に就職活動がうまくいかなかったことを話した。このことを知っているのは、ＫＡＤＯＵＲＡＫＵで働くきっかけをくれた門倉だけ。シゲルと幸代にも話したことがない。

沙奈の話を、二ノ宮は神妙な面持ちで頷きながら聞いた。

「なるほど。確かに、すでにお父様が亡くなられているとはいえ、影響はゼロではないでしょう。でも、今はＫＡＤＯＵＲＡＫＵで楽しく働いているんですよね？」

こわばった表情で問う二ノ宮に、沙奈はパッと明るい笑みを見せた。

「もちろんです！　お客さんとお話しするのは楽しいし、新しく夢もできましたし。結果オーライといったところです」

「よかった。沙奈さんが前向きに生きていることを知ったら、亡くなったお父さんもきっと喜ぶでしょうね」

二ノ宮は安心したのか、険しかった眉間を一気に緩めた。

ちょうど料理が運ばれてきて、会話はしばしお預けになった。母親について彼が触れないところを見ると、沙奈の家庭環境についてはひととおり調べたのだろう。

(二ノ宮さん、どこまで知ってるんだろう)

ちょっともやもやするものの、悪い人ではないということは言葉の端々から伝わってくる。

その後は当たり障りのない話が続き、一時間ほどでファミレスを出た。

わかったのは、彼の趣味がドライブやキャンプ、釣りだということ。インドアな趣味ばかりの沙奈にとっては目新しい話題ばかりで、彼の話を聞くのはなかなか楽しかった。

おしゃべりしながらゆっくり歩き、駅に到着した。彼は通勤にも使っているバイクを近くに停めているらしく、沙奈を送るためだけに一緒に歩いてくれたのだった。

「それじゃ、二ノ宮さん。今日はご馳走していただいてありがとうございました」

ぺこりとお辞儀をして、沙奈は地下鉄の階段へ向かう。夕飯を食べなかったお詫《わ》びに、幸代にスイーツでも買っていこうか。何かやらかした時には、シゲルにはビール、幸代には大抵甘いものを買って帰る。

ところが。

「待ってください」

後ろから呼び止められて振り返ると、二ノ宮が小走りに近づいてくる。彼は立ち上がった前髪をしきりに弄《いじ》ってから、やっと顔を上げた。

「沙奈さん。もしよければ、私とお付き合いしていただけませんか？」

「は、はい？」

あまりに唐突な申し出に、沙奈はぱちくりと目をしばたたいた。

気をつけの状態で立つ二ノ宮は真剣そのものといった表情だ。ファミレスでの会話からは、彼にそんな様子はみじんも感じられなかった。それとも、自分が鈍感なだけだろうか？

「あの……私、二ノ宮さんのことをまだよく知りませんので――」

「では、友達として。それなら食事に誘ってもかまわないでしょう？」

二ノ宮の声が沙奈の声に重なった。押しの強い眼差しと『友達』という言葉につい頷きそうになるが、食事の先にあるものを想像して踏みとどまる。

律哉が知ったら、『不用心だ』とまた言われてしまいそうだ。彼の自宅にはさらりとついていったけれど、この人は律哉じゃない。

返事を考えあぐねていると、二ノ宮は俯《うつむ》いて深い息を吐いた。

「困らせてしまったようですみません。店員と客の立場じゃはっきりと断りづらいですよね」

「いえ……なんか申し訳ないです」

「でも、私は諦めませんから。またお店に伺います」

刑事らしい真っ直《まっす》ぐな目で見つめられ、沙奈は突然逃げ出したい衝動に駆られた。逃げたら今後顔を合わせづらくなる。それがわかっていてもなんかもう……だめだ。

「ごめんなさい……！」

くるりと踵を返し、目の前の階段を急いで駆け下りる。きっとこの先も彼の期待に応えることはできない。それがわかっているのにこの場をどう繕えばいいのか、沙奈は答えを持たなかった。


一年も同じ店で働いていると、ほとんどの常連客の来店時間は覚えてしまう。いつも夫婦で来る客は午後二時半、商店街の眼鏡店の主人はオープン直後といった具合に。

律哉は夕方やってくることが多い。それが今日は朝十時の開店とともにやってきたため、スタッフ全員びっくりしたような顔をした。

「いらっしゃいませ。ご注文はカフェラテでよろしいですか？」

いつも律哉が座る奥まった席へ向かった沙奈は、いつもと同じ質問をした。最近では、彼が来店すると沙奈が接客するようになっている。担当というほどではないものの、それぞれの常連客にはなんとなく馬が合うスタッフが対応しているのだ。

「それでいい」

律哉は頷いて、スーツのポケットから取り出したスマホをテーブルに置いた。沙奈がカウンターに戻ろうとすると、「待て」と呼び止められる。くるりと振り返った沙奈を、律哉は鋭い目で睨みつけた。

「昨日、あいつと何を話した？」

「はい……？」

あいつ、とはおそらく二ノ宮のことを言っているのだろう。律哉はどうも彼のことを強く敵視しているようだ。ヤクザと刑事では相容《あいい》れないのは当然だろうが、どうしてこうも……

沙奈は店内を素早く見回し、ほかに客がいないのを確認した。律哉の向かいにサッと座り、内緒話が聞こえるくらいに身を乗り出す。

「それって、私を見張ってたってことですか？」

「見張ってた？　人聞き悪いな」

「そういうの、ストーカーっていうんですよ」

彼は一瞬きょとんとしたが、すぐに目を細めてクスクスと笑いだした。

「お前、俺が怖くないの？」

「別に。怖くなんかありません」

沙奈はツンと口を尖《とが》らせた。

昔気質《むかしかたぎ》のヤクザと違って、最近のヤクザは一般人にまで手を出すこともある。でも、相手が律哉だと思うと蚊ほども怖くない。

「度胸があるのはいいけど気をつけろよ」

「気をつけなきゃならないことなんてありませんけど」

すると、律哉は片方の眉をピクリと動かし、テーブルの上で沙奈の腕を掴んだ。

「お前、この前誘拐されかけただろうが」

先ほどまでの態度とは一転、凄みを利かせた双眸《そうぼう》に心臓が凍る。やはり彼は大人の男で、ヤクザなのだ。普段、沙奈には優しい顔を見せているだけ。

「あ、あれはちょっと油断してただけで――」

「違う」

律哉が冷たい顔でぴしゃりと言い放つ。

「お前が店から出てくるところから奴らはつけ狙っていた。あれで終わりじゃないぞ」

「え……？」

（あんなことが、また？）

震える沙奈の手に律哉の視線が落ちた。沙奈は彼の手を振りほどき、テーブルの下に引っ込める。

このあいだ襲われた時は生きた心地がしなかった。見知らぬ男たちに囲まれるのも、命がけのカーチェイスも二度とごめんだ。その少し前にも店の近くで襲われた女性がいたが、もしかして自分と人違いで巻き込まれたのだろうか？

「でも私、狙われる理由なんて……」

「ある。たくさんな。極道の情報力を舐《な》めるな」

沙奈が何も言えずにいると、律哉がため息をついた。

「とにかく用心することだ。なんなら俺が毎日送り迎えしてもいいが――」

「な、なんであなたが……！」

立ち上がった瞬間にドアベルの音が響き、沙奈は後ろを振り返った。来店客は常連のひとりで沙奈がよく話す女性だ。

「私、仕事に戻ります。――いらっしゃいませ！」

そう言い捨てて接客に向かうものの、いつもの笑顔が作れている自信がない。

その日は午後になっても、退勤時間になっても、律哉に言われたことが頭にこびりついて離れなかった。

照れ隠しだったとはいえ、送迎をしてもいいという彼の提案を突っぱねた自分に臍《ほぞ》を噛《か》む思いだ。

（もう、なんであんなこと言っちゃったかなあ……！）

＊

ＫＡＤＯＵＲＡＫＵを出た律哉が組事務所に着いたのは、もう昼近くになろうかという頃だった。

律哉が若頭を務めるのは、東池袋にある極東栄和組《きょくとうえいわぐみ》という組織だ。都内にある指定暴力団の三次団体として独立してから、まだ十年と歴史が浅い。もうすぐ不惑を迎える組長の岸岡《きしおか》をはじめ、十二名いるメンバーのほとんどが三十歳前後で、なかには高校に通っているような年頃の者もいる。

事務所近くの立体駐車場に車を停めた律哉は、雑居ビルの非常階段を上がった。エレベーターもあるが、他フロアとのトラブルを避けるためそちらは使用禁止にしている。

「カシラ、おはようございます」

「おう、おはよう」

事務所がある三階の踊り場まで上がったところで、組の若衆たちに声を掛けられた。彼らが吸っている煙草《たばこ》の煙で周りじゅう白い。律哉は煙草を吸わないが、時々はここで缶コーヒーを啜りながら会話にまじることがある。

「カズ、ちょっと来い」

三人いた若衆のうちひとりを呼び、重い鉄扉を開ける。小柄な若い男が煙草を消してすぐにやってきた。

「カシラ、どうしました？」

扉を後ろ手に閉めた和樹《かずき》が、狭い廊下で縮こまる。彼は律哉がかわいがっている舎弟のひとりだ。明るい髪色に、まだあどけなさが残る丸顔。見るからに安そうな紺色のピンストライプのスーツがまったく似合っていない。

律哉は立ち止まり、顔を半分後ろへ向けた。

「あとで現調に行ってもらうから。時間になったら連絡する」

「わかりました」

『現調』とは現場調査、現地調査の略で、沙奈の身辺警護の隠語として使っている言葉だ。

律哉が目を掛けている若衆のうち信頼のおける数人には、交代で沙奈の周囲を見張らせている。彼らには沙奈のことを、『極東栄和組の親団体の総長の娘』だと伝えてある。総長直々に受けた特命だから誰にも言ってはいけない、組長の岸岡にも内緒だと話してある。

本人に知られずに身辺警護をするのは容易ではない。もちろん律哉の手下だけでは事足りず、信頼できる和樹の仲間やシゲルに紹介してもらった上屋敷組の元組員を使ったりもする。常に人の動きを把握して連絡を密に取らなければならないため、恐ろしく忙しい。

連絡する、という律哉の言葉に相槌《あいづち》を打った和樹が、踵を返そうとする。

「ああ、ちょっと待った。カズ。これでお袋さんにうまいものでも食わせてやれ」

律哉はスーツの内ポケットから出した茶封筒を和樹の胸に押しつけた。彼は一瞬、えっという顔を見せたが、すぐにそそくさと上着の内側に隠した。

「カシラ……いつもすんません」

「あー、俺そういう湿っぽいの苦手だから。ほら、行った行った」

ぺこぺこと頭を下げつつ鼻を啜る和樹を、律哉は手を振って追いやった。

「あざーッス！」

和樹が勢いよく頭を下げた際に、茶色いくせ毛がふわりと揺れる。もう一度鼻を啜るとトイレに駆け込んだ。踊り場にいる仲間たちに泣いているところを見られたくないのだろう。

律哉はふーっと息を吐き、廊下を奥へと進んだ。

和樹の家はいわゆる貧困家庭で、父親は幼い頃に蒸発し、母親も病気がちで働けず、その負い目からか甘やかされて育ったと本人は言っている。だらしないところはあるが心は優しく、根は真面目だ。今も同じ沿線のアパートで母親と暮らしているが、やはり生活は楽ではないらしい。母親は息子がヤクザになったことをどう思っているのだろう。

和樹を見ていると、自分の子供時代と重なって辛くなることがある。それでも、律哉は恵まれていたほうだ。同じ母子家庭とはいえ、母親は働いていたし食事の面ではだいぶ上屋敷家に助けられた。律哉が必死に沙奈を守ろうとするのは、彼女の父親や世話を焼いてくれた使用人への恩義を感じているからというのもある。

廊下のつきあたりにあるドアを開けると、パーテーションの向こうで古参の組員が接客をしていた。ちらりと窺えば、相手は気の弱そうな中年の男。きっとこの客も何社にも金を借りているに違いない。ここはヤクザの事務所でありながら、違法な金利で貸し付けを行う闇金融でもある。

律哉がパーテーションの横を通り過ぎようとすると、その陰から接客をしていた組員が出てきた。

「お疲れさんです」

「……ッス」

立場は上だが、律哉は組員に向かって頭を下げた。客がちらりとこちらを見たが声掛けはしない。こういったところを訪れるような客は、できるだけ人との関わりを避けたいと思うものだ。

律哉は事務所の奥にあるドアを開けて、本当の組事務所に入った。室内にいた部屋住みの若者が、おはようございます、と頭を下げるが、目配せだけしてソファに身を投げる。

もともとこの貸金業は組長の岸岡が親の代から引き継いだ仕事だった。今では組をあげてのシノギとなっているが、律哉は接客が苦手だと言って逃げ続けている。

「カシラ、具合でも悪いんスか？」

部屋住みのスキンヘッドの若者が心配そうに顔を覗き込んだ。彼は急須を手にしている。

「ああ、悪い。俺にもお茶をいれてくれ」

「ッス」

いれてもらった茶を啜っていると、事務所のドアが勢いよく開いた。

「おー、柊斗！　よく来たなぁ」

「毎日顔出してるじゃないですか」

満面の笑みで入ってきたのは岸岡だ。『椋本柊斗』——何度この名前で呼ばれても一向に慣れない。

岸岡は苦笑いを浮かべる律哉の肩をバンと叩き、向かい側の席にどっかと座る。

「おい、お茶！　濃い目でな」

「ッス！」

いちいち声が大きい岸岡のせいで、最近はほかの組員の声まで大きくなりつつある。

岸岡は派手好きな男で、服は海外ブランドのスーツにシルクのシャツ、髪は事務所の明かりにてらてらと輝くほどの油でオールバックに固めている。貴金属が大好きな彼の指はいつも金や銀の指輪だらけだ。

岸岡が煙草を出したため、律哉は素早くライターで火をつける。先日はわざとこのライターを沙奈が働くカフェに忘れてきた。追いかけてくる彼女に気づいた時にはまだ舎弟がいたため、笑いをこらえるのに必死だった。

岸岡は天井に向けて煙を吐き出すと、ぴかぴかに磨かれたエナメルの靴を翻して脚を組んだ。

「いやー、景気いいわ。今度みんなでどっか行かねえか？　俺ゴルフやりてぇんだわ」

「いいですね。俺は温泉入りたいです」

「温泉な。みんなモンモン入ってるから、貸し切り風呂があるところじゃねえとな。——おう、わりぃ」

部屋住みが茶の入った湯飲みを置いて事務所から出ていく。

「宿を探させましょうか。若いもんに」

律哉が持ちかけると、岸岡が噴き出した。

「お前の口から『若いもん』って聞くと笑えるな。俺から見たらお前も若人なんだけど」

「社長も若いですよ」

「まあな。服役中は周りがジジイばっかだったし、介護されてる奴もいたな」

律哉は彼に合わせてにやりとしたが、こういう時はどう返せばいいのか未だにわからない。

律哉がこの組織に入るよりも前に、岸岡は保険金詐欺で二年収監されていたらしい。それ以降は気をつけているようだが、闇金業なんていつ摘発されてもおかしくないものだ。律哉にしても、同じ目に遭わないよう表向きはできるだけおとなしくしていなければ、沙奈を守れなくなってしまう。

「そういや、今度松村《まつむら》の放免祝いがあるんだ。松村知ってるよな？」

「はい。俺が入って二か月あとに務めに出てるんで、ちょっとかすってますね」

ははは、と岸岡が笑う。

「お前が若頭になったって知ったら腰抜かすんじゃねえか？　ま、お前も放免祝いには出てやってくれよ」

「わかりました。ところで社長、今月の分です」

律哉は上着の内ポケットに手を突っ込み、取り出した厚さ五ミリほどの封筒を岸岡に手渡した。

「おう、ご苦労さん」

彼はちらりと封筒の中を見ると、金額を確認せずにスーツのポケットにしまった。

「前から聞きたかったんだけどな、お前どうやってこんなに稼いでんの？　たいしたシマも渡してねえし、今日日《きょうび》つまらんシノギじゃこんなに稼げねえだろう」

律哉はぎらついた彼の視線から逃れようと、熱い茶を啜った。

「主に債務取り立てですよ。太い客持ってますんで」

「へえ。太いといったら壬山《みぶやま》建設か坂倉《さかくら》興産か？　けど、あそこは城堂《じょうどう》組が昔から懇《ねんご》ろだろ」

「勘弁してくださいよ。これからも頑張りますんで」

律哉は両膝を握り、深く首を垂れる。

極東栄和組の門を叩く際、上納金を多く入れる代わりに、シノギの内容は聞かないでほしいとの条件を出した。本来こんなことを言えば生意気だと殴られただろうが、岸岡は何も言わずに受け入れた。金の亡者である岸岡だから許されたことだ。

彼は煙草の火を灰皿に押し付け、最後の煙をフーッと盛大に吐いた。

「そうだな。お前はイケイケでもないから不思議なんだが、いいぞ、それで。金さえ持ってくればな」

狐《きつね》みたいな両目をさらに細くし、岸岡はにんまりと笑みを浮かべる。

律哉は口の端だけをわずかに上げた。

岸岡は金が欲しい、律哉は情報が欲しい。互いの命を預け合う極道の世界で、お互いＷＩＮＷＩＮのビジネスライクな関係が、律哉には何よりありがたい。

これまでの調べで、先日沙奈を襲った男たちは大方目星がついた。ひとりは上屋敷組の元組員で、そのほかに仲間が数名。しかし、律哉が捜しているのに気づいたのか最近は雲隠れしている。

奴らの狙いは上屋敷健吾の遺産だ。リーダーの男は金に困っているという話だし、何度も邪魔されて相当焦《じ》れているだろう。きっと近々動き出す。なんとかして奴らを探し出し、沙奈を守り抜かなければ。

＊

ある朝、開店準備をあらかた終えた沙奈は財布を握った。普段サラダ用の野菜を仕入れている商店街の八百屋が休みのため、スーパーへ買い出しに行くのだ。

「じゃ、買い物に行ってきますね。ほかに何か買ってくるものあります？」

休憩室から取ってきたコートを羽織りながら、カウンター内に向かって声を掛ける。朝の日課である豆の選別を行っていた門倉が顔を上げた。

「あ、悪いんだけどタバコ買ってきてくれない？　ふた箱」

「わかりました。いつものやつですね。楓さんは？」

「うーん、チョコ食べたいかも。アーモンドのやつ」

「了解です。じゃ！」

返事をして裏口から出ると、ぴゅうと冷たい風が髪を巻き上げる。

（寒っ）

ここ最近はめっきり風も冷たくなり、空気が乾燥してきた。天気のいい日は日差しがあたたかいけれど、来週には雪がチラつくとか天気予報で言っている。

律哉の警告を受けてから二週間余りが過ぎた。

『用心するように』とのアドバイスに従い、遅番の日はシゲルに迎えを頼み、昼間でも人通りが多く見通しのいい道を歩いている。今も周りに目を配りつつ内心はビクビク。こんな毎日に不満も感じるが、その原因となっただろう父はもういない。

(せめて、誰がどんな理由で私を狙ってるのか聞けばよかったな)

肝心の律哉は、どういうわけかあれ以来店に顔を出さなくなった。

このあいだはつい照れてあんなことを言ってしまったけれど、本音は逆だ。強い彼に守ってほしかったし、なんなら一緒にいてくれるだけでいい。

律哉と話がしたかった。過去の話も、今の話も。

いっそのこと無理やり奪ってくれればいいのに、『りっくんなんでしょう?』のひと言を尋ねるタイミングを失ったまま、彼にもう二週間以上も会えていない。

(もしかして、彼女がいるのかな)

とぼとぼと歩を進めながら想像してみる。見た目よく、男気溢《あふ》れる彼のことだ。女性なんて引く手あまただろうし、ヤクザはよくキャバクラ通いをする。

(う〜、やだやだ!)

きれいでスタイルがよく、露出が多い格好をした女性と律哉が寄り添っている図が頭に浮かび、沙奈はギリリと奥歯を噛みしめた。

(だいたい、椋本って誰よ! なんで私のこと気づかないの? も〜、りっくんのばか!)

怒りで悶々《もんもん》としながら右に曲がろうとすると、どこからか名前を呼ぶ声がする。顔を上げてみれば二ノ宮だ。正面から走ってやってきた彼は、沙奈の目の前で立ち止まると腰を折って息を整えた。

「よかった……！　間に合って」

「おはようございます。そんなに急いでどうしたんですか？」

「今、ちょっとだけお店に寄ろうとしてたんですよ。これ、よかったらもらっていただけませんか？」

いきなり手渡された紙袋の中を覗くと、東北地方の銘菓がいくつも入っている。

「わっ、いっぱい……！　旅行でも行かれたんですか？」

「いいえ、仙台の実家から送られてきたんです。職業柄、旅行にはなかなか行けません」

「そうなんですか。非番の日にも呼び出されたりして大変ですものね。でも、いいんですか？　こんなにたくさん」

沙奈はもう一度袋の中を確認した。カスタードクリームが包まれた丸いカステラに、黒糖まんじゅう、保冷剤が一緒に巻かれた笹《ささ》かまぼこの包み。どれも有名で沙奈も大好きなものだが、交際の申し出を断った手前、なんだか申し訳ない気がする。

「お店の皆さんで召し上がってください。こんなもので沙奈さんの気を引けるとは思ってないから安心して」

「ありがとうございます」

心を見透かされたような気がして、沙奈は顔が熱くなるのを感じた。

あれから二ノ宮には何度となく食事に誘われ、断り切れずに一度だけ食事に行った。その時にも交際を望んでいるふうを匂わせてきたが、どうにかお茶を濁したのだった。それでもこうしてへこたれず、毎日のようにメッセージを送ってくるし店にもやってくる。

「では、私はこれから用事があるので失礼します」

手を振って小走りで去っていく二ノ宮にお辞儀をし、沙奈はまた歩き始めた。

(二ノ宮さん、いい人ではある)

少し押しが強いけれど、裏表のない彼からは善人の匂いしかしない。こうして熱烈にアタックされたらいつかは押し切られてしまいそうだ。

律哉と再会していなければ二ノ宮と付き合っていたのだろうか。しかし、沙奈の心は胸が膨らみ始める前から律哉とともにあった。それなのに彼が何を考えているのかわからなくて、胸に重しでも載せられたように苦しい。

遠い昔、『大人になったら結婚しようね』と小さな手を握り合ったことを思い出す。

(りっくんはもう覚えてないんだろうなぁ)

はーっと深いため息をつき、沙奈は足早にスーパーへ向かった。


その晩は門倉が商店会の付き合いで出かけてしまったため、夜九時以降は急遽《きゅうきょ》ワンオペになった。最後の客が帰ったのが九時二十分。ラストオーダーの三十分に時計の針が重なった瞬間、入り口へ急ぐ。

「早く、早く」

夜遅くにひとりで店番をする時には、だいたいひとり言が増える。恐怖を紛らわすためだ。

入り口の鍵を閉めると少しホッとした。続いて窓に掛かっているロールカーテンをすべて下ろし、椅子を逆さにしてテーブルに引っ掛け、マシン類の掃除を始める。

今日みたいにラストオーダー時に客がいなかった場合は、早く閉店作業に取り掛かれる。キッチンの掃除を手早く済ませ、あとは床掃除が終われば勤務終了だ。

「シゲさんに連絡しようかな。もう出ちゃったかな」

板張りの床に掃除機を掛けながら口にする。今日は遅番につきシゲルが迎えに来てくれる日だ。時間的に家を出るか出ないかといったところだろう。

その時、裏口のあたりで大きな音がして、沙奈はビクッと肩を震わせた。掃除機のスイッチを切り、裏口のドアを見つめる。猫がごみ箱でも倒したのだろうか。それにしては音が大きすぎるような……

まさか、またヤクザまがいの男たちがやってきたのだろうか。

ごくりと唾をのみ、掃除機を片付けて裏口へ近づく。ドアに耳をつけると、バンという鋭い音とともに耳に衝撃が走る。

「きゃっ」

今のはドアに何かがぶつかった音だろう。もう一度ドアに耳を寄せたところ、誰かが呻《うめ》くような声が――

（大変……！）

震える手で鍵を外し、ドアを少しだけ外に押してみる。けれど、外で呻いている誰かが寄りかかっているのか、ドアが開かない。

仕方なく表のドアから出て裏口へ回る。おそらく事故か何かだろう。最初の大きな音は人が撥《は》ねられた音で、次の音は、撥ねられた人がドアにもたれかかった音か。

裏口でその人物を見た瞬間、沙奈は血の気が引くのを感じた。スーツ姿の律哉が、頭から血を流し腹部を手で押さえている。

「椋本さん!?」

急いで駆け寄ると、律哉は顔を歪《ゆが》めてうっすらと瞼《まぶた》を開けた。

「すぐに救急車を呼びます」

「待て……うッ！」

エプロンからスマホを取り出した沙奈の手を律哉が掴んだが、すぐに呻いて脇腹を押さえた。見たところ腹部からの出血はない。あばらでも折れたのだろうか。

「だって、この傷じゃ……いったい何があったの？」

「すぐそこで車に撥ねられた。相手はわかってる……あのクソ野郎……」

意識が朦朧《もうろう》としているのか、律哉の瞳は月明かりの中をふらふらとさまよっている。

沙奈は自分の頬が氷のように冷たく、口がカラカラに渇いているのを感じた。自分が怪我をしたわけでもないのに、彼が味わっている痛みまで伝わってくるようだ。

震える手でスマホの電話帳を開き、〈近野《こんの》先生〉をタップする。近野は以前上屋敷組のお抱えだった医師で、今でも時々線香をあげに来てくれる。コール三回目で電話が繋がった。

「近野先生ですか？　夜分にすみません、上屋敷の娘です」

——ああ、旦那さんのお嬢様ですか。どうもお久しぶりです。

還暦を過ぎた近野が間延びしたような声を出した。世間話が始まらないうちに、と急いで言葉を継ぐ。

「すみません、先生。実は——」

たった今目の前で起きていることを、沙奈は手短に説明した。事故の瞬間を見ていないため、ありのままを話すしかない。律哉が意識を失わないよう彼の手をしっかりと握る。

事態の深刻さが伝わったのか、近野は医者の声で応じた。

——なるほど、状況はわかりました。うちのクリニックの場所はわかりますか？

「存じております」

——では、裏口を開けておきますのでタクシーでこちらに向かってください。頭を上にして、なるべく動かさないように。

「はい。では、のちほどよろしくお願いします」

電話を切ると沙奈はホッとため息をついた。医師に診てもらえるとわかり、少しだけ気持ちが楽になった。

「椋本さん、ここでちょっと待っててください。タクシーを呼んできます」

返事がないものの、肩で息をする彼の目はこちらを捉えている。

店の中へと戻り、簡単に身支度を整えてからバッグを手に外へ飛び出した。そのまま通りに出てタクシーを拾う。この時間の大通りは割合にすぐ掴まるのがありがたい。

運転手に事情を話して一緒に律哉を乗せてもらい、タクシーはすぐに走り出した。

「幸町《さいわいちょう》の近野クリニックまでお願いします」

運転手が返事をするや否や、すぐにスマホを取り出してシゲルに電話をかける。沙奈の右肩には律哉がもたれかかっている。シートが血で汚れるかもしれないため、運転手にはあらかじめ一万円を握らせた。

——お嬢。何かありましたか？

スマホの向こうからシゲルの声が聞こえた途端、沙奈は泣きそうになった。身寄りのいない沙奈にとって、シゲルと幸代は心の拠《よ》りどころだ。

「シゲさん、今どこにいますか？」

——もうカフェの近くですよ。裏口につけましょうか？

「ううん。それがね」

沙奈は途中で言《い》い淀《よど》んだ。怪我をしたのが律哉だと言えば話が長くなるだろう。それに、律哉も何か事情があって素性を隠しているのかもしれない。

「店の裏口でその……知り合いが事故に遭って、近野クリニックにタクシーで向かってる途中なの。申し訳ないんだけどシゲさんも来てくれる？」

――わかりました。すぐに向かいます。

電話が切れ、沙奈は後部座席の背もたれに身体を預けて目を閉じた。

どうしてこんなことになってしまったのだろう。抗争相手なのか、それとも先日沙奈を攫《さら》おうとした連中の仲間なのか……

肩にもたれる律哉の額には脂汗が滲《にじ》んでいた。彼の頭を動かさないようバッグからハンカチを取り出し、額を拭う。その頬は対向車の明かりでもわかるほど青白い。

（りっくん……）

律哉の手を強く握ると、沙奈を安心させるためか握り返してくる。その手のあたたかさだけが頼りだ。

タクシーに乗って二十分ほどで近野クリニックについた。

古い町並みが残るこの辺りまでは繁華街の喧騒《けんそう》も届かない。周りを住宅に囲まれた狭い駐車スペースには見慣れた車があり、その脇にシゲルと近野が立っていた。

「お嬢」

タクシーが駐車スペースに入ると同時に、シゲルと近野がストレッチャーを押して駆け寄ってきた。久しぶりに会う近野は口髭を蓄えている。髪と同じく白髪交じりだ。

後部座席から飛び出した沙奈は、私服姿の近野に頭を下げた。

「近野先生、時間外なのに無理を言ってすみません」

「いいえ、怪我された方は？」

「後ろの席にいます」

振り返ると、律哉が後部座席からフラフラと出てくるところだった。脇腹を押さえているものの、ゆっくりとなら歩けるようだ。

律哉はシゲルと近野の手を借りてストレッチャーに乗った。去っていくタクシーに一礼をしたのち、沙奈も彼らのあとを追いかける。

「今から検査をしますのでこちらでお待ちください」

白衣を着た近野はストレッチャーを押して診察室の中へ消えた。電話で怪我の状況を聞いた近野は、エックス線やＭＲＩといった検査に必要な機器をあらかじめ用意してくれていたようだ。

開業して数年のクリニックは清潔で、沙奈が座っているソファも新品同様に見える。しかし、一部の照明しかついていない待合室は薄暗く、ちょっと気味が悪い。

「大変な目に遭いましたね」

自動販売機から戻ってきたシゲルが、沙奈にジュースを手渡して隣に座った。白髪頭の強面が、沙奈を気遣うように優しい顔つきになっている。

沙奈は彼のほうに身体を向けて頭を下げた。

「急に来てもらってごめんね。私ひとりじゃ不安で……本当にありがとう」

いやいや、と彼は頭を掻いた。

「ところでお嬢……あの男は――」

「椋本さん」

沙奈は素早くシゲルの言葉に被せた。

「あの人、椋本柊斗さんといってカフェの常連さんなの。私が店を出ようとしたら裏口で倒れてて」

「そうですか」

それきりシゲルは黙ってしまった。

静まりかえった夜の待合室。普段の彼だったら律哉が何者かをしつこく問いただすはずなのに、何も聞かないものだからかえって気になってしまう。

(もしかして、シゲさんはあれがりっくんだと気づいてるのかな)

子供好きで面倒見のいい彼は、沙奈と律哉が小さな頃からずっと目をかけていた。沙奈同様、すぐにわかったとしても不思議ではない。

そのまま静かに時は過ぎ、薄暗い壁に掛けられた時計が午前〇時を示した。外へタバコを吸いに行ったシゲルが戻ってきた時、処置室から近野が出てきた。

「先生」

素早く立ち上がった沙奈が駆け寄ると、近野はやや疲れた表情で頷いた。

「お待たせしました。疲れたでしょう」

「いいえ、先生のご苦労に比べたら……それで、どうでした？」

「軽い脳震盪《のうしんとう》を起こしていたのでぼんやりしていたようですが、頭の中は問題ありません。傷はあったけど、潰れてなかったしね」

潰れて、という言葉に思わず口に手を当てる。

「ああ、ごめん。びっくりさせちゃったね。今夜は辛いかもしれないけど、明日には少しよくなってるでしょう。ただ、肋骨《ろっこつ》に二本ヒビが入っていたのでしばらくは安静にしてください」

「肋骨が……？　えっと、『安静』というのはどの程度……」

近野は口髭を揺らして苦笑いを浮かべた。

「本来であれば一日二日は入院して様子を見ていいくらいだからねえ。トイレは行ってかまわないけど、できるだけゆっくり動くようにね。他の擦り傷は処置してあります」

沙奈はいつの間にか詰めていた息を吐き出した。近野の言うことを一言一句聞き洩《きも》らさないよう気を張っていたのだ。

その後いくつか生活上の諸注意を受けているうちに処置室のドアが開いた。沙奈は急いで駆け寄り、乱れた髪でのそりと出てくる律哉を支える。

「大丈夫ですか？」

返事とも取れる低い唸《うな》り声《ごえ》が聞こえたような、聞こえなかったような。本当に悪そうだ。

会計は明日でいいと言われ、律哉の身体を両脇からシゲルとともに支え、クリニックを出た。彼を車に乗せたのち、近野に向かって深々と頭を下げる。

「夜遅い時間にありがとうございました。先生が診てくださらなかったらどうなっていたことか」

「とんでもない。お父様の生前には大変お世話になりましたから。でも、くれぐれも今夜は注意して見ているようにね。本当は入院するくらいなんだから」

沙奈は走り出す車の後部座席から近野に頭を下げつつ、彼が父に線香をあげに来るたびに口にすることを思い出した。このクリニックを開く際に、父は多額の援助をしたらしい。金の出どころはともかく、今は父に感謝したい気持ちだ。


それから一時間後、シゲルの運転する車は律哉のマンションに滑り込んだ。

途中、コンビニへ寄ってパンやゼリー飲料などのすぐに食べられるものと、替えの下着を買った。状況によっては、明日シゲルに着替えを持ってきてもらうかもしれない。

律哉はふらつきながらも自力でベッドまで歩いた。スーツの上着だけはなんとか脱がせたものの、ほかは汚れた服を着たままだ。

玄関先までシゲルを見送り、沙奈は頭を下げた。

「シゲさん、送ってくれてありがとう。遅くまですみません。幸代さんにもそう伝えて」

「わかりました。何かあったらすぐにでも」

シゲルは小声で言って、スマホを耳に当てる動作をした。沙奈が律哉のマンションに泊まると言った時から、彼は年頃の娘を持つ父親のような顔をしている。シゲルには確か、絶縁状態の娘がいたはずだ。

小さく手を振る沙奈に笑みを返し、シゲルの小さな背中は廊下の奥へ消えた。七十歳を過ぎた彼に夜更かしはつらいだろう。疲れてしまわなければいいが。

ドアの鍵を閉め、部屋の中に戻った。

先日来た時にはわからなかったが、この部屋は1LDKのようだ。玄関から続く廊下の左側にトイレと洗面所があり、洗面所の奥にバスルームがある。突き当りがリビングダイニングで、廊下の右側が寝室だ。

寝室に入ると律哉は静かに寝息を立てていた。そっと頬に手を触れてみたところ少し熱い。骨折したため、発熱するかもしれないと近野が言っていた。

沙奈は寝室のドアを開けたまま洗面所に向かい、棚にきれいに収まっているタオルを引っ張り出した。水で濡《ぬ》らして固く絞ったものを律哉の額に載せ、コンビニで買った飲み物とストローを準備する。ストローがあれば寝たままでも飲めるのだと、以前に何かで見た。

それから、万が一嘔吐《おうと》してもいいように頭の両側にバスタオルを敷いた。枕元に先ほど買い物をした際にもらったビニール袋を置いておけば準備万端だ。

これから長い戦いが始まる。近野医師には、もしも急変したら迷わず救急車を呼ぶようにと言われた。そうなった時に見逃さないよう、ここでずっと見ていなければ。

ベッドの脇に正座して、スースーと寝息を立てる律哉の顔をじっと見つめた。椅子はどこにもなかったが、ベッドが低いタイプのためここからでもよく見える。

彼は夢を見ているようだった。時折唇をぴくりと動かしたり、眉間に皺を寄せたりしている。

ふふ、と沙奈は笑みを零した。

病状が心配ではあるけれど、大好きだった律哉の顔を気兼ねなく眺められるのはありがたい。

子供の頃の彼は男女問わず人気者で、沙奈は疎外感を感じることもあった。同級生の女の子が彼にバレンタインのチョコレートをあげているのが羨ましくて、幸代に教わって手作りチョコレートを作ったこともある。

結局そのチョコレートは渡せなかった。気後れしたのと、普段から兄妹のように接していたため、恥ずかしさが勝ってしまったのと。それ以降、バレンタインは沙奈にとって存在しないものとなった。

(もうぬるくなっちゃったかな)

立ち上がり、律哉の額からタオルを取った。ベッドに背を向けた時、後ろから何かが聞こえた。

「沙奈」

ハッとして振り返ったものの、彼が起きている様子はない。気のせいかと思ったが、じっと見ていると突然苦しそうに顔を歪めた。

「沙奈……沙奈……」

「どうしたの⁉」

素早く彼の手を握るが反応はない。血色も徐々に戻ってきているし、ただのうわごとだろうか。

「もしかして暑い？」

タオルをベッドサイドの棚に置き、胸まで掛けてある布団をめくった。血で汚れたシャツのボタンを上から外していくうちに、ふと彼の身体にあるはずの特徴を思い出す。

沙奈が幼稚園の年長だった時、律哉は沙奈をかばって大怪我《おおけが》を負ったことがあった。沙奈の前ではおくびにも出さなかったが、彼は夏になるたびプールの授業があるのを気にしていた。右の鎖骨の下に大きな傷痕が残ってしまったからだ。

沙奈は唾をのみ、シャツの上から三番目のボタンを震える手で外した。そろそろとシャツをはだけてみて、鋭く息を吸う。

彼の胸には、黒一色のトライバルデザインのタトゥーが彫られていた。そのせいで目立たなくなってはいるものの、記憶のなかと寸分たがわぬ場所に痛々しい傷痕がある。

喉の奥に熱い塊が込み上げ、沙奈は嗚咽《おえつ》をあげないよう口を手で押さえた。椋本と名乗っていたこの男は、どこかの組の若頭である彼は、やはり律哉だったのだ。

「沙奈……っ」

タイミングよく名前を呼ばれ、跳び上がらんばかりに驚いた。彼は目を開けてはいない。震える手ではだけたシャツを戻し、覚束《おぼつか》ない足取りで洗面所にタオルを持っていく。

洗面台の鏡に映る沙奈は動揺のあまり眉も唇も震え、頬は青ざめていた。思い切り泣きじゃくりたいのを強い理性で辛うじて踏みとどまる。

彼が律哉であることが確実になった今、自分ではどうしようもないくらいに心が揺らいでいた。

どうして素性を明かしてくれないのか。

どうしてヤクザなんかになったのか。

ほんの小さな頃から、いつだってそばにいて見守ってくれた大切な人。その幼い頃の記憶と重なる一方で、彼が手の届かないところにいるような虚《むな》しさを感じた。

＊

肌を焦がすほどの強い日差しのなか、セミがわんわんとがなり立てている。

汗だくになったTシャツの袖で額の汗を拭いつつ、律哉は背中のランドセルを揺らして走っていた。

向かうは上屋敷家。このあと沙奈と一緒に昼食を食べ、庭の木陰に置いたプールで遊ぶ約束をしている。昨日、上屋敷組の相談役であるシゲルにプールの用意を頼んでおいたのだ。

律哉にとって、上屋敷家は我が家も同然だった。学校帰りに直接やってきては、スナックへ出勤する母に声を掛けられるまでここで遊ぶ毎日。律哉が暮らしているアパートには風呂がないため、夕飯と風呂を済ませてから帰る。

閑静な住宅街にぐるりと巡らされた土塀を回ると、立派な門がある。この辺りでは一番立派な屋敷で、ここがヤクザの親分の自宅兼事務所だと知らない人は、じろじろと眺めていく。

律哉は石の階段を一段飛ばしで駆けあがった。数寄屋門を潜り、玉砂利に足を取られながら走っていくと、シゲルが玄関前を掃き掃除していた。

「ただいまー！　シゲさん、プールは？」

ブレーキでも掛かったかのように足を止め、スカスカのランドセルを下ろす。今日は終業式のため、中身は筆箱と通知表だけだ。

シゲルは白髪の交じってきた眉を下げ、律哉のために玄関の引き戸を開けた。

「おかえり、リツ。プール用意しておいたぞ。あとでスイカも切ってやるからな」

「やった！　沙奈、いるよね？」

「居間にいるよ」

すでに玄関の中に飛び込んでいた律哉の背中に、シゲルの声が響いた。

「沙奈ー！」

洗面所に向かいつつ居間に声を掛け、急いで手を洗う。幼稚園年長組の沙奈は一足先に夏休みを迎えている。来年小学生になる沙奈に通知表を見せてやろうと、急ぎ帰ってきたのだった。

ぱたぱたと小さな足音が聞こえ、廊下に出ると同時に沙奈がやってきた。

「りっくん！　おかえり！」

沙奈は目の前でひと跳ねして立ち止まった。キラキラと輝く黒目がちな目がかわいらしい。頬はふっくらとバラ色で、茶色がかった髪を高い位置でポニーテールにしている。ノースリーブのワンピースから覗くのは、ぽっちゃりした腕だ。

律哉は沙奈の前にしゃがみ、小さく柔らかな手を掴んだ。

「ただいま。元気だったか？」

「元気だったよ。昨日も会ったでしょ」

ツンと尖ったさくらんぼみたいな唇に、律哉は頬を緩めた。最近の沙奈はちょっと生意気だ。それでも、憎らしいとはこれっぽっちも思わない。

「俺の通知表、見る？」

「つうちち……うーん、わかんない」

通知表がなんだかわからなかったのか、沙奈は照れながら身体をくねらせた。律哉はランドセルの中から取り出した通知表を開いてみせた。

「ほら、これ。勉強とか運動を頑張るとご褒美にもらえるんだぞ。5がいっぱいあるだろう？」

えへん、と胸を反らす。沙奈は零れんばかりに目を見開き、通知表を食い入るほど見つめた。

「わあ、沙奈ももらいたい！」

「来年はもらえるよ。ちゃんと勉強を頑張ったらだけどな」

本当は頑張らなくてももらえると知ったら、沙奈は怒るだろうか。

(こういうのを『ひつようあく』って言うんだよな)

律哉は、ふふんと鼻を鳴らした。普段から組員たちが面白がって、いろいろなことを吹き込んでくるのだ。

「頑張る！　沙奈、ひらがないーっぱい書けるようになったもん」

「偉い、偉い。毎日一緒に勉強してるもんな」

「えへー……」

ぽんぽんと頭を優しく叩くと、沙奈が甘ったるい笑顔を見せる。

「あら、律哉君おかえりなさい」

シゲルの妻でこの家の使用人でもある幸代が、エプロンで手を拭きながら食堂から出てきた。幸代は律哉の母と変わらない年頃の女性で、沙奈が生まれる前からこの屋敷で働いている。

「幸代さん、ただいま。ご飯できてる？」

「もちろんですとも。お嬢さんは律哉君が帰るのをずっと待ってたんですから。すぐに来てくださいね」

わかった！　と元気に返事をして、律哉は沙奈の手を引き食堂に向かう。この家には若衆の出入りが多いため、キッチンの隣に広い食堂があるのだ。律哉が知るだけでも、この屋敷には広い部屋ばかり八室もある。

昼食はチャーハンと豚の角煮、もやしとニラを炒《いた》めたものだった。

料理上手な幸代が作るものはなんだっておいしい。たまには母も食事を作ってくれるが、仕事で疲れているせいか手の込んだものは出てこない。

たらふく食べたあとは沙奈と庭で遊んだ。池の鯉《こい》に餌をやり、かくれんぼをして、虫探しをして。

少し腹がこなれた頃に、シゲルが用意してくれたプールで遊んだ。身体が冷えればまた虫探しに戻り、スイカを頰張《ほおば》る。

「沙奈ねえ、大人になったらりっくんと結婚する」

シャボン玉で遊んでいる時、唐突に沙奈が言った。肩をすくめ、もじもじと身体を揺すりながら。

「いいよ」

律哉が軽く返事をしたのは、今初めて聞いた話ではないからだ。というより、そんな当たり前のことを何度も言われても、どう返したらいいか困ってしまう。律哉にとって沙奈は大切な妹であり、友達であり、小さな恋人だった。大人になった時、隣にいるのが沙奈じゃなかったら困る。

律哉はストローを思い切り吹いて、小さなシャボン玉をたくさん飛ばした。

「よし、結婚したらでっかい家に住むぞ！　それで、いっぱい子分を引き連れて――」

「だめ！　それじゃパパと一緒じゃない！」

沙奈は頬を膨らませ、律哉に噛みついた。母親がいない沙奈は大のお父さん子だが、ヤクザは大嫌いなのだ。正月に親戚が集まっている時に、『沙奈の母親が逃げたのはヤクザ稼業に嫌気がさしたからだ』と話すのを、盗み聞きしてしまったらしい。

律哉にしても、沙奈と同じ気持ちだった。

一年と少し前、父は抗争中に敵が放った凶弾に斃《たお》れた。いい父親とは言い難くても、父は父。ヤクザでなければこんなふうに命を落とすこともなかっただろうし、母が夜の仕事であくせく働くこともなかった、と子供心に思う。

沙奈はまだ怒っている。彼女の頭をポンと叩き、律哉は明るく笑った。

「じゃあ、召使い——じゃなくて、執事のおっさんとメイドさんだな！」

「羊！　沙奈も羊飼いたい！」

「執事は動物じゃないぞ。……あれ？　ひつぎ？　しつぎ？」

腕組みをして首を捻っていると、沙奈が門のほうを見てパッと顔を輝かせた。

「あっ、パパだ！」

律哉の目の前でポニーテールの先が元気に跳ねた。ひらひらと揺れる淡いピンク色のレースを目で追った律哉は、思わず目を丸くした。

沙奈が駆けていく方向には数寄屋門がある。しかし、開いた引き戸の向こうには普段見えている道路はなく、かわりに深い闇がぽっかりと口を開けている。

「沙奈!!　危ないからそっちに行ったらだめだ！」

律哉は急いで地面を蹴った。しかし、律哉の声が聞こえないのか、沙奈は小さな足をちょこまかと動かしてどんどん先へ行ってしまう。

律哉の脚はまるで泥の沼にはまったかのように重く、ほとんど前に進まなかった。以前にこんな感じの夢を見たことがある。父が亡くなって少し経った頃、穏やかな笑みを湛《たた》えながら闇の中へ消えていく父を、もがきながら見送る夢だった。

（くそっ、なんだよこれ……！）

その時と同じく、律哉はクロールでもするかのように宙を掻いていた。けれど、周りの景色も空気の匂いもやけにリアルだ。それに、さっきまで触れていた沙奈の肌はあたたかかった。

鈴のような笑い声とともに、沙奈の姿が次第に小さくなっていった。その動きはまるでスローモーション。足が一歩地面につくごとに彼女の身体は大きくなり、手足が細くすらりと伸びていく。

（沙奈ーッ！）

大声で叫んでも、まるで声が出ている気がしなかった。子供のままの自分の手足は短く、どんなに必死に追いかけても彼女には届かない。

美しい大人の女に変貌した沙奈が、黒い渦《うず》にのみ込まれようかという時――

「沙奈！」

パチンと視界が弾け、律哉は目を開けた。ドクドクと心臓が狂おしい音を立てている。目の前に

かわりに薄暗い天井が見えた。は禍々《まがまが》しい闇などどこにもなく、

その途端に脇腹に鋭い痛みが走り、

(なんだ……夢かよ……)

はあーっと重たい息を吐き、律哉は汗を拭おうと腕を上げた。その途端に脇腹に鋭い痛みが走り、呻き声をあげる。

そうだ。ここは上屋敷家の庭なんかじゃない。自宅マンションのベッドの上ではないか。

少し冷静になったところで、身体じゅうびっしょりと汗をかいていることに気づいた。額に何かが載っている。痛みをこらえて触れてみれば濡れたタオルだ。

首を横に向けると、すぐそばに明るい髪色の頭があった。沙奈はベッドの端に腕を組み、その上に頭を乗せて顔をこちらへ向けている。眠っているようだ。

(きれいになったな)

律哉は痛みに顔をしかめつつ、艶のある髪に手を伸ばした。

額に掛かった前髪を上げると、素直な眉と伏せられた長い睫毛《まつげ》がある。小さな鼻は今も健在だ。

ふっくらと血色のいい唇が柔らかそうで、思わず吸いつきたくなる。

幼い頃の沙奈は、今の姿からは想像できないくらいにぽっちゃりしていた。

最後に一緒に遊んだのは律哉が中学一年の時。それ以降は互いに気恥ずかしく、会っても軽く会話を交わす程度になっていた。

それでも、律哉が引っ越す日には新幹線の駅まで見送りに来てくれた。泣きはらしたような目を

した彼女は、もじもじと俯くばかりで、まともに話すことすらできなくて……

以来、沙奈のことを忘れた日は一日たりともなかった。

だから、彼女の父親が亡くなったと知った時はいてもたってもいられなかった。あれだけの規模の組織をいきなり畳んだのだ。恨みを持った人間や、遺産を狙っている者もいるだろう。そんな悪人たちが跋扈《ばっこ》する都会に、彼女ひとりを置いておくなんて到底できない。

一報を受けた翌日には、バックパックひとつで上京した。

自宅で行われた葬儀は盛大で、上屋敷組の傘下や親交のある組織、知人などが大勢弔問に現れた。喪服が用意できなかった律哉は葬式には出られなかったものの、遠くから手を合わせた。

弔問客が帰る頃になるまで、律哉は遠くから様子を窺っていた。すると、門の中からぞろぞろと強面の男たちが出てくるのにまじって、その場に似つかわしくない女の姿がある。その女性がくるりとこちらを向いた瞬間、律哉はハッとした。それが、沙奈を九年ぶりに見た瞬間だ。

喪服に身を包み、赤く腫れあがった目をしていても沙奈は美しかった。たおやかそうな身体で深くお辞儀をし、弔問客をひとりひとり見送る。

その姿は、幼い頃にぽっちゃりしていた彼女とはまるで別人だった。うっすらと顔のつくりに面影があるだろうか。もしも街中で出会っていたらわからなかったかもしれない。

その彼女が、小さかった沙奈が、たったひとりの身寄りを亡くして泣いている。

飛んでいってすぐにでも慰めたかった。けれど、あれからふたりのあいだにやり取りはなく、忙しさにかまけて彼女がよこした年賀状の返事すらおろそかにしていた。勇気がなかった律哉は、姿を見られないうちに立ち去るしかなかったのだ。

それから二か月後、律哉は高校を卒業してからずっと働いていた地元企業を退職し、再び上京した。上屋敷家からそう遠くない場所にアパートを借り、ひとり暮らしを始めたのが三年前。

それから本当にいろいろあった。危ない目にも何度も遭ったし、信用していた仲間に金を持ち逃げされたこともある。何度もくじけそうになったけれど、彼女を守りたい一心で必死にここまで駆け上ってきた。

(お前を一生守ってやる)

普段は人から恐れられる鋭い目を細め、雪のように白い頬をそっと撫でた。

襲われかけた彼女を助けた夜、勢い余って無理やり唇を奪った。

彼女を悪漢から守れたことに浮かれた。

自分の部屋に彼女がいることに浮かれた。

無防備にソファに寝ころぶ彼女に浮かれた。

本心では帰したくなかった。だから、強く握れば折れそうな手を壁に押し付け、欲望のままにキスをしたのだ。

律哉は自身の脚のあいだにあるものが硬く張り詰めるのを感じた。あのキスを思い返し、何度も自分を慰めた。本来なら、生涯の伴侶に迎えていたはずだった。しかし、今の自分にはもう――

（沙奈……）

込み上げる愛《いと》しさに耐えかね、彼女の頬にキスをしようとした。けれど、わずかに身体を捻った途端に激痛に襲われ、顔をしかめて悶絶《もんぜつ》する。

「あっ、気がついたんですね」

沙奈が顔を上げ、とろんとした目をこすった。はだけたニットの襟元から下着の紐《ひも》が見え、思わず目を逸《そ》らす。

沙奈は一度部屋から出ていき、洗面器とタオルを手に戻ってきた。水でタオルを濡らし、律哉の額を拭う。

「……うん。顔色もだいぶよくなったみたい」

柔らかな笑みがすぐそばで揺れ、律哉は胸がポッとあたたかくなるのを感じた。

「俺、寝言で何か言ってたか？」

夢から覚めたとき、大声で沙奈を呼んだ気がする。まさか、寝ているあいだじゅう何度も……？

「特に何も。静かに寝てましたよ」

それ以降は何も言わず、沙奈は黙々と律哉の顔や首筋を拭いた。彼女が動くたび、いい匂いが漂ってくる。

無意識のうちにまた身体の中心が張り詰めてしまい、律哉は口を引き結んだ。

こんなに近くにいたら、勢い余って無理やり抱いてしまうかもしれない。そうなるのが怖くて、最近はカフェに行くのを控えていたのに……

律哉は沙奈の手をスッと押しのけた。

「迷惑をかけたみたいだな。もう大丈夫だから帰っていい」

無理やり身体を起こそうとして、くらりとしてまたベッドに倒れる。なんだか目が回るようだ。うっすらと吐き気がするし……最悪だ。

「脳震盪を起こしたみたいですから、今日はおとなしくしていてください。運動や入浴は避けて、できるだけ静かに過ごしてくださいって先生が」

「ちくしょう、情けねえ……」

極道の若頭ともあろうものが、初恋の相手に介抱されて鼻の下を伸ばしているとは……けれど、甲斐甲斐《かいがい》しく世話を焼かれたら悪い気はしない。口元が緩んでいるのを見られまいと、咳払《せきばら》いをして顔を背ける。

「私、今日ここに泊まりますから」

「は!?」

とんでもないことを耳にした気がして、言葉の主のほうに勢いよく顔を向ける。

「お前、自分が何言ってるかわかってんの？」

沙奈はくりくりした大きな目を見開いた。

「どうせ何もできないでしょう？　それに、今日はひとりにしないでくださいって先生に言われました。何かあったらすぐに救急車を呼びますからね」

理路整然と告げる小生意気な唇を見ていたら、一度収まった欲望がむくむくと頭をもたげてきた。

「勝手にしろ」

（くそっ……元気な時じゃなくてよかった）

緩みかけた唇を怒ったふりをして引き結び、律哉は固く目を閉じた。

3

翌朝、沙奈が目を覚ましたのは空が白み始める頃だった。ハッとして顔を上げると、律哉がスースーと寝息を立てている。顔色もだいぶ良くなっており、額に手を当ててみたところ熱も下がったようだ。

（よかった……）

ホッとした沙奈は静かに洗面所へ向かった。フローリングの床に正座し、ベッドに突っ伏していたせいで全身がガチガチだ。伸びをしたり、腕を回したりして凝り固まった筋肉をほぐす。

夜中、律哉は一度だけ目を覚ました。その際に名前を呼ばれた気がして、ウトウトしていた沙奈も眠りから引き戻されたのだった。あれはいったいなんだったのだろう。彼が痛みにうなされていたのか、それとも夢を見ていたのか。どちらにしても、無意識のうちに名前を呼んでくれたことが、飛び上がらんばかりに嬉しい。

沙奈は洗面所をあとにしようとして、すぐに踵を返して戻ってきた。洗面台のキャビネットに目をやると、棚に置かれた歯ブラシは青いのが一本だけ。タオルが入っている棚にも、女性ものの服や下着、化粧品もない。

(決まった人はいないのかな)

これだけでは律哉に彼女がいないとは決められないけれど、ちょっとだけ心が軽くなった。そうでなかったとしても、今だけは彼を独占できる。


すっかり日が高くなった頃、沙奈は律哉とともに近野クリニックを訪れていた。

今日は早番の予定だったが、今朝早くに門倉に電話をして休みをもらった。ビジネス街にあるカフェと違い、平日はそれほど客が多くないのだ。

ひとりで運転していくと言って聞かない律哉を説得し、ここへはタクシーでやってきた。クリニックの入り口をくぐってもなお、彼は不満そうだ。手を掴んで引っ張ると渋々といった様子でついてくる。

彼はおそらく、沙奈に本名がバレるのを気にしているのだろう。保険証を使うのに偽名を名乗るわけにはいかないからだ。

困惑しつつも、律哉が喧嘩できるくらいに回復したことが嬉しかった。一時はどうなることかと思っていたのだ。せっかく再会できた彼を、別の形で失うことになるかもしれないとハラハラしていた。

待合室はそれほど混んでいなかった。ただ、小柄な沙奈が強面の大男の手を引っ張って先に歩いているのが気になるのか、患者たちがちらちらと見ている。

「こんにちは」

受付に声を掛けると、カウンター内で作業をしていた女性が顔を上げた。

「先ほどお電話しました上屋敷です」

「院長のお知り合いの方ですね。では、こちらにご記入のうえ待合室でお待ちください」

カウンターの上に問診票が差し出された。律哉をちらりと見上げると、威嚇するように睨みつけている。

「私、そっちで待ってますね」

彼の返事を待たずに、沙奈は待合室の隅にあるソファに腰かけた。バッグからスマホを取り出しつつ、込み上げる笑いを必死にこらえる。

律哉は自分の正体に気づかれていないつもりだろうが、沙奈が誰なのかは確実にわかったはずだ。上屋敷の姓は珍しいだけでなく、裏社会に生きる者なら誰もが知っている。それなのに、驚いたそぶりを見せないのだから自分は律哉だと白状したようなものだ。

頑《かたく》なに正体を隠そうとする律哉に最初は戸惑ったものの、今ではちょっと楽しんでいた。

こうなったら彼の気が済むまで、とことんつき合ってみたい。彼とは二度と会えないと思っていただけに、一緒にいられるだけで嬉しくて仕方がないのだ。

記入を終えた律哉が沙奈のいるところにやってきた。強がってはいるけれど、骨折したあばら骨が痛むのか、ゆっくりと腰を下ろす。

待合室には人がたくさんいた。診察待ちなのか会計待ちなのかはわからないが、だいぶ時間が掛かるかもしれない。

杖《つえ》を突いた高齢の女性がクリニックに入ってきたため、沙奈は席を立った。

「よかったらどうぞ」

「あら、すみませんねえ」

女性に手を貸して座らせたのち、そのまま雑誌のあるコーナーへ向かった。壁際の本棚には雑誌だけでなく、絵本や漫画もある。

その近くにあるソファで、小さな女の子が絵本を読んでいた。三歳くらいだろうか。頭の両脇で結んだ髪が細くて実にかわいらしい。

「何読んでるの？」

沙奈は身を屈《かが》めて女の子に話しかけた。女の子は顔を上げて首を横に振る。

「読んでないよ。見てるの。まだ字、読めないから。あのね、ママがあそこにいるの」

発音がたどたどしいながらも口が達者だ。女の子は豆粒みたいな指で診察室の中を指差している。

「読んであげようか？」

うん、と女の子が頷き、沙奈は隣に腰かけた。彼女が読んでいたのは熊の親子が出てくる話だ。

沙奈が小さな声で読み始めると、食い入るように覗き込んでくる。

まだ色素の薄い頭を上から見下ろすと、膨らんだ頬のあいだに尖った唇が見えた。鼻のほうが低いのだ。

（かわいいなあ）

もしも妹がいたら、絵本なんかいくらでも読んであげたのに。母は沙奈を産んですぐに父と別れてしまったらしく、父も再婚しなかったため望んでも叶《かな》わない夢だった。

人懐こい女の子にせがまれて、気づけば三冊も読んでいた。時折顔を上げると律哉と目が合うが、彼はすぐに横を向いてしまう。

それからしばらくして、診察室から出てきた母親と思《おぼ》しき女性が慌てて駆けてきた。

「すみません……！　さな、本読んでもらってたの？」

「うん。これとねえ、これも読んでもらった」

女の子が三冊の絵本を見せると、母親は困ったように眉を寄せた。

「ありがとうございます。大変だったでしょう？」

「いいえ。私も楽しかったので。あの……お嬢さんはさなちゃんという名前なんですね。私も沙奈です」

「えーっ、そうなんですか？　偶然ですね」

沙奈が母親と話す様子を、『さなちゃん』は不思議そうな目で見ている。しばらく雑談したのち親子と別れ、律哉のいるところへ戻った。

「ごめんなさい。ひとりにしちゃって」

「いや。楽しそうだったな」

はい、と沙奈は相好を崩した。

「あの子、私と同じ名前だったんですよ」

「へえ」

そっけなく言って、律哉はすぐにスマホに目を落とす。沙奈は俯いて笑いをかみ殺した。普通、同じ名前だったと聞けば、沙奈の名前を尋ねるはずだ。

（絶対気づいてるよ）

それからまたしばらく時間が過ぎ、気づけば人がまばらになっていた。時刻は正午になったらしく、待合室の壁に掛けられた時計から楽しげなメロディーが流れている。

「そういえば、保険証は持ってきました？」

顔を覗き込むと、彼は沙奈の顔を一瞥して前を向いた。

「なくした」

「……はい？」

「そもそも病気をしたことがない」

しれっと口にする律哉の顔を見つめたまま、沙奈は固まった。

絶対に嘘《うそ》だ。彼はもともと几帳面《きちょうめん》な性格で、小学校へ一緒に登校する際にも『ハンカチは持ったか』『体育着は持ったか』などと、まるで母親のように沙奈の持ち物を気にしていたのだ。

「それじゃあ、早めに区役所に行って再発行してもらってくださいね」

沙奈は意に介さないふりをして、わざとにこやかに返す。怒ったら負けなのだ。

それからすぐに名前を呼ばれ、律哉はついていこうとする沙奈を制してひとりで診察室へ向かった。驚いたことに、看護師が呼んだ名前は『椋本さん』だ。ずいぶんと徹底している。

しばらくして律哉が診察室から出てきた。

「特に問題ないそうだ。やっぱりたいしたことなかったな」

ふふん、と鼻を鳴らす彼を見て、思わず噴き出してしまった。ものすごいドヤ顔だ。

続いてカーテンの向こうから顔を見せた近野医師が彼の隣に並ぶ。午前の診察はこれで終わりらしく、ほかに患者は残っていない。

「先生、ありがとうございました」

頭を下げた沙奈に対し、近野は口髭の生えた口元をにっこりとほころばせた。

「頭のほうはもう大丈夫だと思います。ただし、肋骨の骨折があるから引き続き安静にね。シャワーと寝る時以外はコルセットを外さないようにしてください」

また二週間後に来て、という近野にふたりで頭を下げ、会計を済ませてクリニックを出た。

駐車スペースには先ほど呼んだタクシーが待機していた。沙奈のあとからゆっくり後部座席に乗り込んだ律哉が、運転手に行先を告げる。

「グランクラウンホテルまで」

「は⁉」

沙奈は零《こぼ》れ落《お》ちんばかりに目を開けて彼を見た。たった今彼が口にしたのは、ここからそう遠くない場所にある高級ホテルの名前だ。

「なんだ？」

「ほ、ほて……ほほ、ほてほ——」

慌てふためく沙奈に、律哉はフッと穏やかな笑みを見せた。

「別にやましい考えがあるわけじゃない。グランクラウンホテルのレストランがうまいという噂《うわさ》を聞いたんで、礼を兼ねて連れていこうとしているだけだ」

「なんだ……そうだったんですね」

ホッと胸をなでおろしたものの、ちょっぴり残念な気もする。

自宅に沙奈とふたりきりでいても、彼はあの晩のキス以来指一本触れてこなかった。ということは、深い関係になろうとは考えていないのだろう。あの晩はちょっとからかっただけ。

(やましいことを考えてるのは私のほうだな)

はー、とため息をつくと、律哉がニヤニヤしてこちらを見る。

「な、なんですか」

「いや。面白い女だなと思って」

「……ひょっとしてからかってます？」

「そんなわけがあるか」

ぐっと顔を近づけてきた律哉の額が沙奈の前髪に触れた。

「お前には感謝してるよ。あの時助けられたおかげで大事に至らずに済んだんだから」

（ひゃ……）

射貫くような強い眼差しに囚《とら》われて、沙奈は一瞬動けなくなった。

ふわりと漂うコロンの香り。それが鼻腔《びこう》を突いた瞬間、強引に唇を奪われた時の感触が思い起こされたのだ。

「こっ、骨折してるんだからじゅうぶん大事に至ってますよ。……本当に気をつけてくださいね」

赤熱した頬を見られまいと急いで顔を背ける。心臓が口から飛び出そうだ。

そんな沙奈の気持ちにはお構いなしに、律哉は「はいはい」と笑いながらシートに背中を預けた。

彼はきっと、沙奈がこんなふうに胸を高鳴らせているとは気づいてもいないだろう。ヤクザといえば女と金。彼にとってはキスやハグなんて、子供のじゃれあいみたいなものかもしれない。

タクシーは車通りの激しい国道を走り抜け、今は都内にしては起伏の多い道を走っていた。中央線はなく、車二台がちょうどすれ違えるほどの道幅。周りは住宅やブティック、小さなオフィスなどが軒を連ねており、ちらほらと歩行者がいる。

運転手は無口なタイプらしく、車内には沈黙が漂っていた。先ほど会話が途切れて以来、沙奈も何を話せばいいかわからなくなってしまった。律哉だとわかっているのに知らないふりをしなければならないため、ものすごくやりづらい。

「お前さ、なんでそんなに俺によくしてくれるの？」

唐突な質問に沙奈はびくりとした。彼はドアに肘をもたせ掛け、頬杖《ほおづえ》をついて外を見ている。

もしかしてここは、『りっくんなんでしょ？』と問うところだろうか。でも……

「それは……前に助けてもらいましたから」

やはり聞けない。

「そうか」

窓の外へ目を向ける律哉の顔は物思いにふけっているように見える。シャープな顎のラインが素敵だ。こちらを見る彼の目はいつでも力強いけれど、愁いを帯びている今の表情もいい。

律哉は以前、沙奈が狙われているようなことを言っていた。自分が知らないだけで、実は何か大きな陰謀が渦巻いているのだろうか。そのせいで彼が事故に遭ったのだとしたら、この怪我は沙奈に責任があるのと同じだろう。

静かな住宅街を抜けたタクシーは、ふたたび大通りに出る少し手前で停まった。駐車場に入る直前にちらりと見たホテルの外観はベージュの吹きつけで、都会の高層建築にもかかわらずあたたかな雰囲気に溢れている。

目的のレストラン『アマ・デトワール』は十二階にあった。ロビーやエレベーターの内装はきらびやかで、ホテルに来ること自体ほとんどない沙奈は落ち着かない気分だ。

その緊張をさらに煽《あお》っているのが、あたたかく大きな手だった。沙奈の細い手は、律哉の手にすっぽりと包まれている。大人の男を感じさせる武骨な手に。

「あ、あの、ひとりで歩けますから」

「迷子になるかもしれないだろう？」

「そんな、私子供じゃないのに」

少し前を歩く彼が、くすっと笑う声が聞こえた。これではあの頃と同じだ。あまりに幼い頃のことは沙奈も覚えていないが、アルバムの中ではいつも律哉と手を繋いでいた。

昼時で混雑しているのか、店の外の椅子には先客数名が座っていた。スーツを着た若い男女と和服姿のご婦人方だ。

自分を見下ろした途端、沙奈は急に自信がなくなった。フードのついたピンクグレーのコートの中は、パウダーオレンジのニットにロングスカートといった格好だ。おまけに昨夜は風呂に入っていない。いくら冬とはいえ……どうなのだろうか。

「私、こんな格好でいいのかな」

「デニムやスニーカーじゃなければ大丈夫だろう。それにここはブッフェ形式だから、そんなに堅苦しくないんじゃないか？」

「ブッフェ……!?」

パアァ、と目を輝かせたところ、律哉が振り返った。

「ブッフェ、好きなのか？　俺も好き」

ドキッと沙奈の心臓が跳ねた。好き、という響きに反応しただけではない。こちらを見て笑った彼の、一瞬にして緩んだ目元があまりに魅力的だったためだ。

（どうしよう……好き……！）

律哉の背中に隠れ、ひとり頬を熱くする。

彼がふとした時に見せる笑顔が大好きだった。さりげない優しさや、思いやりのあるところも好き。困った時には絶対に助けてくれる、ヒーローみたいに強いところも。

はじめは大人になった彼がちょっと怖かった。けれど、中身はあの頃とちっとも変わっていない。いや、むしろ逞しくなったぶん、男性的な魅力がプラスされた印象だ。

やがて、沙奈と律哉に順番が回ってきた。スタッフに案内され、窓際の奥まった席に向かいあって座る。しかし、すぐに律哉に手を引かれ、食事が用意されているコーナーへ向かった。

「わあ、おいしそう！」

ずらりと並んだ色とりどりの料理を前に、沙奈は目を輝かせた。サーモンクリームのパスタや、生ウニのパスタ、カプレーゼ、生ハムやキャビアの載ったクロスティーニ。ホテルのブッフェらしく、オマール海老のテルミドール、テリーヌ、ローストビーフやステーキもある。

「ほら」

「ありがとうございます」

律哉がトレイにスプーンやフォークを載せて渡してくれた。今朝は彼と一緒に、昨日コンビニで買ってきた菓子パンをかじっただけだったため、お腹がペコペコだ。

トレイに載せた皿に料理を満載し、沙奈は席についた。

「ドリンクを取ってくる。何がいい？」

料理をテーブルに置いた律哉に尋ねられ、沙奈は慌てて立ち上がった。

「ドリンクなら私が！　椋本さん怪我人《けがにん》なんだし」

「お前はあんまり寝てないんだから座ってろって。で、何飲む？」

「え……と、じゃあ、紅茶でお願いします」

「わかった」

踵を返してドリンクサーバーのところへ向かう律哉を、沙奈は不安な気持ちで見守った。いくら薬で痛みを抑えているとはいえ、彼は昨夜骨折したばかりなのだ。

（りっくん、優しいな）

彼は昔から世話焼きだった。沙奈が転べばすっ飛んでくるし、いじめられていれば代わりにやり返しにいく。未だに手のかかる存在だと思われているのだとしたらちょっとショックだけれど、変わらない彼にホッとする。

ドリンクコーナーでは人が列をなしていたが、彼は睨みつけたりすることもなくおとなしく並んでいた。こうしていると、本当はヤクザじゃないみたいだ。

戻ってきた律哉が、沙奈の前に紅茶が入ったカップを置いた。彼はコーヒーを持ってきたようだ。別の皿に砂糖とミルクを載せてくるあたり、抜かりがない。

「ありがとうございます」

ぺこりと頭を下げると、律哉が小さく頷く。

沙奈は持ってきた料理に手をつけた。まずは合鴨《あいがも》のスモークとオレンジを合わせたサラダをいただく。

「んー、おいしい！」

口の中に入れた瞬間、鴨《かも》の脂と香ばしいスモークの香り、甘酸っぱいジューシーなオレンジの果汁が口いっぱいに広がった。おしゃれ。そして味もいい。自分で作るお決まりのパターンのサラダとはひと味違う。

次は気になっていたサーモンと海老のテリーヌに取り掛かった。料理の前に置かれていたカードの説明によると、薄くスライスされたアトランティックサーモンと海老、ハーブ入りのクリームチーズを幾層にも重ね、ブイヨンで固めたものだという。美しい断面にフレンチソースが掛かっている。

ひと切れ口に運んだ沙奈は、無言で目を見開いた。さっぱりしているのに濃厚な味わい。やや癖のあるハーブとフレンチソースの酸味が、テリーヌ全体を引き締めている。

（なんでこんなにおいしいの……）

沙奈は口をもぐもぐと動かしながら、自然と緩む頬に手を宛てた。幸せだ。テーブルを華やかに彩る、色鮮やかでおしゃれな料理。味も大変素晴らしく、何より目の前には律哉がいる。

「うん。うまいな」

彼も料理を口にするたびに頷いている。沙奈は口の中のものをのみ下すと、深呼吸して余韻を味わった。

「すごくおいしいですね。こういうところ、よく来るんですか？」

「いや、ホテルのレストランはこれが初めてだ」

「へえ。食事は外食ばかりですか？」

いったんフォークを持つ手を止めた律哉が、考え込むように宙に目を向ける。

「外食かコンビニか、ってところだな」

「そうなんですね。コーヒーはカフェ派とか……」

「いや、こだわりはない」

「意外ですね。毎日来られるのでこだわりがあるのかと。……あ、これもおいしい」

そう言って、白身魚のフリッターをパクパクと口に入れる。

「お前の顔を見にいっている」

「はい？」

咀嚼《そしゃく》していたためよく聞こえなかった。律哉が咳《せき》払いをする。

「なんでもない。忘れてくれ」

心なしか彼の顔が赤い。気にはなるものの、本人が忘れてほしいと言うのだから尋ねるわけにもいかないだろう。

律哉が自分の皿を指差した。

「これうまいぞ。仔牛《こうし》のステーキ」

沙奈の皿にも同じものが載っている。これは先ほど彼の勧めで取ってきた料理で、別皿のトリュフ塩につけていただくらしい。

どれどれ、とナイフでひと口サイズに切って口に運ぶ。その途端、雷に打たれたほどの衝撃に思わず仰け反った。

「うわ……！　やば。最高〜〜」

あまりのおいしさに語彙を失ってしまう。ひと口食べては唸《うな》り、またひと口頬張っては深く頷く。

気づけば律哉がくすくすと笑っている。

「ちょっとは落ち着けよ」

「だって、こんなにおいしいもの食べたことなくて」

「お嬢様なのに？　そんなことないだろう」

律哉が発したひと言に一瞬で味がわからなくなった。フォークを持つ手を止め、彼の顔を見つめる。

「私の家を知ってるんですか？」

律哉の眉がぴくりと動いたのを沙奈は見逃さなかった。彼はゆっくりした動作でグラスの水を含み、トマトソースのショートパスタをフォークで突き刺した。

「お前のことならなんでも知ってる」

「なんでも？　調べたんですか？」

「極道の情報網を見くびるなと言っただろう」

ふうん、と沙奈は律哉の顔を真顔で見つめた。先ほど彼が『お嬢様』と言ったのは失言だったのではないか。もしかして、彼に口を割らせるチャンスかもしれない。

紅茶で口の中のものを流し込み、沙奈はフォークを置いた。

「それなら、私がヤクザの娘だってことも知ってるんですね」

「まあな」

「椋本さんの組織はなんというところですか？」

「お前に教える必要はない」

彼は再会したばかりの時によく見せた鋭い目つきで、ぴしゃりと言い捨てた。この目に見据えられると、最近の彼はだいぶ警戒を解いてくれていたのだとわかる。

子供の頃の律哉にはこんなふうに人を寄せ付けない雰囲気はなかった。きっと今だって本当は……

（焦っちゃだめだ）

視線を外した沙奈はふたたび料理をつつき出した。いきなり突っ込んだ質問をしたら、かえって頑なになりかねない。

「じゃあ、私の思い出話聞いてくれます？　半分ひとり言だと思ってくだされば」

「別に構わないが……」

律哉が怪訝《けげん》そうに眉を寄せる。ひとり言だと言われれば頷かざるを得ないだろう。

ありがとうございます、と言ってから沙奈は口を開く。

「知ってるかもしれませんが、私の父は上屋敷組の組長でした。病気で亡くなる少し前に組織を解散したんですけど、小さい頃には組員がたくさんいて、傘下の組織がいくつもあったんです」

律哉がフォークを持つ手と口を動かしながら軽く頷く。

「家には強面の男たちが常にたくさんいて、幼い頃はよく遊んでもらっていました。組員たちはお小遣いやお菓子をくれるので嬉しかったんですけど、新しい友達ができても少しすると急に遊べなくなっちゃうんですよね。『沙奈ちゃんとは遊んじゃだめってママに言われた』って」

「よくある話だな。子供は親を選べない」

沙奈は薄く笑みを浮かべた。

「家がヤクザだから友達ができないんだ、ということには小学校の三年生くらいに気がつきました。その後も、友達と呼べる同級生はいくつになってもできなくて……」

それから先のことは知らないのだ。

「そうなのか？」

律哉が手を止めてまっすぐに沙奈を見た。彼が引っ越したのは沙奈が小学五年生の時だったから、それから先のことは知らないのだ。

沙奈はこくりと頷く。

「中学校も高校も、入学当初はよかったんです。ああ、やっと私にも友達ができるんだな、と思うんですけど、気がつくと周りから人がいなくなっていて……」

胸の中は、当時と同じように乾いた砂浜にひとりポツンと座っているような気持ちであふれていたが、わざとヘラヘラ笑った。律哉だってこんな話は聞きたくないだろう。彼の食事の手は沙奈と同様、すっかり止まってしまっている。

「だけど、私にもひとつだけ救いがありました。それは――」

沙奈の鼓動は急にトクトクと音をたてはじめた。律哉との思い出を口にしたら彼はどんな顔をするだろう。自分がその幼なじみだと明かしてくれるのか、それとも……

「当時の組員のお子さんで、私より少し年上の男の子がいたんです。ほんの小さな頃からずっと一緒で、毎日のように遊んでくれて……。幼稚園の頃には、その子が学校から帰ってくるのを心待ちにしていました」

ふふ、と沙奈は高い声で笑う。

「年下の女の子と遊ぶんだから、きっと大変だったでしょうね。遊びも違うし、体力だってないし。

でも、嫌な顔ひとつせずに本当に毎日毎日、面倒を見てくれたんです。私には母親もいなかったので、その人にはものすごく感謝してるんですよ」

律哉は黙ったまま、少なくなった皿の上の料理に目を落としている。

沙奈は急に悲しい気持ちに襲われた。本当はこんなことしたくない。彼を試すようなこと……

「あなたはどんな子供時代だったんですか？」

びくりと律哉の肩が震えた。

「忘れた」

「あまり……幸せじゃなかったから？」

律哉は眉間にやや険しいものを漂わせて、無言のうちに皿に残った料理をフォークでかき集めた。

失敗だ。彼から何ひとつ引き出すことができなかったうえに、却《かえ》って心を閉ざされてしまった。

「あなたのことは何も教えてくれないんですね」

いらだちのせいかこわばった声になる。

「極道に興味なんてもつもんじゃねえ」

人に恐怖を与えそうな目を向けられ、沙奈はテーブルの下で両手を握り合わせた。

「何ひとつ答えてくれないなんて、そんなのフェアじゃないです」

「この世界にフェアも正義もねえんだよ。知ってるんだろう？」

沙奈は静かに息を吐いた。どうあっても教える気はないらしい。

「じゃあ、これだけ教えて。どうしてヤクザになったの？」

カチャン、と彼はフォークを皿に置き、無言で沙奈を睨みつけた。

沙奈は激しい胸の高鳴りに思わず全身に力を込めた。彼の眼差しが背筋が凍りそうなくらいに恐ろしく、それでいて息をのむほど美しかったからだ。

「自分の命を懸けても絶対に守りたいものがあったからだ」

押し殺したような低い声で彼が言った。テーブルの上で握られた彼の拳に目を落とすと、指の関節が白くなっている。

沙奈はごくりと唾をのんだ。心臓は全力疾走でもしてきたかのように逸っている。

「じゃあ、それだけの覚悟があったということですね」

「当たり前だ。そいつのためなら俺がどうなろうと構わない」

その言葉が、沙奈の心にナイフみたいに突き刺さった。彼は誰かを守るために極道に身を堕《お》とした。その誰かとは、まさか――

『知りたい』という欲求をこれ以上抑えることはできなかった。逸る胸に手を当て、沙奈はテーブルに身を乗り出す。

「あの、私――」

「きゃあ！」

その時、後ろを通りかかった人が沙奈の椅子にぶつかった。後ろを振り返ると、トレイに載せていたグラスを落としたらしい女性があたふたしている。

「大丈夫ですか？」

沙奈は立ち上がり、バッグからハンカチを取り出した。しかし、すぐにウェイターが飛んできたため、ハンカチを握りしめたまま立ち尽くす。

床が絨毯《じゅうたん》敷きだったおかげでグラスは割れずに済んだ。ウェイターは零れたドリンクを拭きとってすぐにどこかへ消えた。

「すみません。かかりませんでしたか？」

「いいえ、大丈夫です」

申し訳なさそうな顔でペコペコと頭を下げる女性を笑顔で見送り、沙奈はテーブルに向き直った。

律哉がいつの間にか消えている。きょろきょろと見回した視界の端に、周りの人たちより頭ひとつ飛び出たスーツを着たの男性の姿が目に入った。彼はスイーツのコーナーで、トレイを手にケーキを物色しているようだ。

のろのろと席に座った沙奈は、両手で顔を覆って息を吐く。

（はやまらなくてよかったぁ……）

律哉が席を立ってくれていたのがありがたい。彼には沙奈の知らない十二年間があるのだ。そのあいだに沙奈よりもっと大切な人ができていてもおかしくないではないか。彼が大切に思っている誰かを自分だと勝手に思い込み、うぬぼれた質問をしてしまうところだった。

「どうした？」

テーブルにトレイを置く音がして、沙奈はパッと手を下ろした。律哉が持ってきたトレイには、三枚の皿にそれぞれ大量のスイーツが載っている。

「いえ、なんでも……わあ、おいしそう！」

沙奈は両手を合わせ、こわばった頬を緩めた。もしかして、甘いものが好きなことを覚えていてくれたのだろうか――この期に及んでそんなふうに思ってしまう自分が悲しい。

「甘いもの、好きだろう？　あ……いや、好きそうだから」

少しはにかんだように笑みを浮かべる律哉に、沙奈の胸は弾けそうになった。

彼の大切な誰かが自分じゃなくても、こうして気を遣ってくれるだけで嬉しい。律哉はたぶん、沙奈が甘いものを好きだということは覚えているのだろう。それだけでじゅうぶんだ。


律哉のマンションに到着したのは日が傾きかける頃だった。

私物を置いたままだという理由でついてきた沙奈だったが、それは口実に過ぎなかった。私物はコンビニで買ったプチプラの化粧品や歯ブラシなど、捨ててもらっても構わないものばかり。本当は、彼ともっと一緒にいたかったからだ。

律哉がドアにスマートキーをかざすと、電子錠が開錠される音がした。

「先に入ってくれ」

促された沙奈は先に室内に入った。続いて彼が靴を脱ごうと身を屈めたところ、短く呻いてそのまま固まってしまう。

「大丈夫ですか⁉」

沙奈は急いで律哉の靴を脱がせた。彼は苦痛に顔を歪めつつ、壁に手をついて廊下に上がる。

「情けねえ。家に帰ってきた途端にこれだ」

「ホッとしたんですね。はい、スーツ脱いで。パジャマとか出します？」

「ああ、頼む。寝室のクローゼットの下の引き出しにTシャツとジャージが入ってるから」

律哉のスーツのジャケットを手に、沙奈は先に寝室へ入った。彼が脇腹を押さえながらついてくる。

クローゼットの引き出しを開けると、一番上に高校時代のものと思われるジャージがきちんと畳んで入っていた。胸に大きくアルファベットで学校名がプリントされている。

（八幡《やはた》不動高校……知らない名前だ）

自分にはわからない彼の過去に触れた気がして、胸がキュッとなった。あのルックスと高身長では、高校時代相当モテたに違いない。このジャージに絡みついただろういくつもの生白い腕を想像してしまう。

苦い思いを胸にしまい、ジャージとTシャツを手に振り返る。

「これでいいですか？　――ひゃっ」

律哉は上半身裸になっており、トラウザーズのベルトに手を掛けたところだった。

「それでいい。ベッドに置いてくれ」

「は、はい」

ジャージとTシャツを急いでベッドに置くと、くるりと背を向ける。昨夜律哉の身体を拭いた時には、鎖骨の下あたりまでしか見なかった。シャツをすっかり脱いだ彼の肉体は思いのほか筋骨隆々としており、コルセットの下の腹筋はきれいに割れている。

(着やせするタイプかも)

部屋を観察するふりをして、火照った頬をパタパタとあおぐ。あの律哉が、幼い頃に一緒にプールで遊んだ彼が、あんな身体つきになるなんて……

そろそろ全部脱げただろうか。脱ぐのは服を下に落とせばいいだけだが、着るのは大変かもしれない。Tシャツを着る際には腕を上げなければならないし、トレパンを穿く時は身体を屈めなければならないからだ。

手伝いたいのは山々だけれど、裸同然の姿を見るのはさすがに……

「悪い。手伝ってくれ」

「はっ、はい」

やはりひとりでは着られなかったらしい。コホンと咳払いをして振り返ると、ボクサーショーツ一枚になった律哉がこちらを向いて立っている。

ドキドキと胸が騒ぎ立て、思わず目を逸らした。中高一貫の女子校を出た沙奈は、若い男の素肌なんて見たことがない。家には男たちがたくさん出入りしていたが、沙奈が年頃になるにつれ、いつの間にか彼らは母屋に近づかなくなっていたのだ。

「Tシャツを上から被せてくれ」

「はい」

沙奈はTシャツの首を拡《ひろ》げて持ち、ベッドに腰かけた律哉の前に回った。こうして間近で見ると、彼の身体つきは格闘技でもやっているかのごとく引き締まっているのがわかる。肩から胸にかけて、それと右腕の手首まで、黒一色の刺青でびっしりと埋め尽くされているのが痛々しい。

頭にTシャツの襟をくぐらせると、律哉が手を上げて自分で袖を通した。コルセットに引っかかるため、裾は沙奈が下に引っ張って整える。背中側を引っ張る際、前髪が律哉の二の腕に触れた。

(近い……)

伝わってくる体温と息遣いに、心臓が割れ鐘みたいな音を立てる。律哉は今、どんな気持ちだろうか。彼も同じように胸を高鳴らせているといい。裾を整えた沙奈は身体を起こした。

「できました。……あの？」

律哉はどこかうわの空といった顔をして、ショーツの中心を手で押さえている。沙奈が見ていることに気づいたのか、ハッとした様子でこちらに目を向けた。

「あ、ああ、悪い。ジャージのズボンを穿かせてくれ」

少し様子がおかしい。もしかしてだいぶ痛むのだろうか。

（着替えが終わったら痛み止めの薬をのませなくちゃ）

今度は律哉の前にしゃがみ込み、手繰り寄せたトレパンを足先に通した。下からするすると上げていき太腿《ふともも》に達したのに、彼はまだショーツの真ん中を押さえている。

律哉が気まずそうな目を向けた。

「ちょっとあっちを向いてくれないかな」

「あっ、ごめんなさい」

それはそうだ。下着を見られるのが恥ずかしいから隠していたのだろう。沙奈がくるりと背中を向けると衣擦《きぬず》れの音がした。しばらくして彼が立ち上がる気配があったため、着替えが済んだのだと思い、ちらと振り返る。

（ひゃっ）

その瞬間、視界に飛び込んできたものにギョッとした。すでにトレパンを穿き終えていた律哉はトレーニングウェアのファスナーを閉めている。問題はその下だ。トレパンの真ん中があり得ないくらいに盛り上がっている。

見てはいけないものを見てしまった。男性と付き合ったことのない沙奈でも、彼の身に何が起きたかなんとなくわかる。でも、どうしてあんなふうになってしまったのだろう。

「そ、そうだ、薬のみますよね。お水持ってきますから」

沙奈は逃げるようにキッチンへ向かった。廊下を奥に進み、ドアを開けたところがリビングになっており、右手にキッチンがある。

「えーと、照明のスイッチは……ここか」

他人の家のキッチンに足を踏み入れるのは初めてだ。どこに何があるのかさっぱりわからないが、ちょうど水切りラックにグラスがあるのを見つけた。

水はミネラルウォーターを飲むタイプだろうか。失礼します、と小声で言って冷蔵庫を開けると、ペットボトルの水が入っていた。

悪いとは思うものの、グラスに水を注ぎながらついキッチンの様子を観察してしまう。

さすが、幼い頃からきっちりした性格だけあって、調理台の上も床もきれいにしている。コンロが汚れていないところを見るとあまり料理はしないのだろうか。冷蔵庫にはタマゴとベーコン、ドアポケットにドリンク類が入っていた。

このキッチンを、部屋に来た女性が使ったりするのだろうか。

荒くれ者の男たちが家に出入りしていると、聞きたくなくてもなんとなく耳に入ってしまうものだ。『どこそこのキャバクラの女がヤレそうだ』とか『のみ仲間にいい仲の女がいる』だとか。幹部クラスになると、複数の女性に毎月小遣いを渡していると豪語している者もいた。

律哉がそういうタイプとは思えないが、この世界をよく知っているだけに苦い気持ちになる。ただ漠然と、大人になったら彼と結婚できるものだと思っていた無邪気な子供では、もうないのだ。

寝室のドアを開けると律哉がベッドを整えていたため、沙奈は慌てて駆け寄った。

「無理しちゃだめですよ！　……って、痛くないんですか？」

「お前……部屋に入る時はちゃんとノックしろよ」

やけに慌てた様子で身体を起こす律哉は、年頃の中学生みたいだ。

「ごめんなさい。でも、そういうのは私がやりますから」

ベッドサイドの棚に水が入ったグラスを置き、不服そうな顔をした彼の代わりにシーツを整える。

「ここに座ってください。それからお水と薬。これのんだらもう寝てくださいね」

「寝たら早く骨がくっつくものでもないだろう」

「それはそうですけど……えっ。そうなんですか？」

「知るか」

込み上げる笑いをこらえるように言って、律哉は薬をのみ下した。グラスを棚に置き、クスッと笑みを洩らす。

「随分世話焼きだな」

「そうですか？」

子供の頃の彼のほうがもっと世話焼きだったけれど——と、首を捻る。

それから沙奈は、簡単に掃除を済ませたのち私物をまとめた。今度はちゃんとノックをしてから寝室に入ると、彼はベッドに脚を投げ出して本を読んでいた。

律哉は、ぱたりと本を閉じて脇に置き、ベッドから脚を下ろした。

「もう帰るのか？」

「はい……そのつもりでしたけど」

ちらりと確認した目覚まし時計は午後六時を指している。今日は自宅で夕飯を食べる、と先ほど幸代に電話してしまったのだ。でも、怪我をしているのにひとり暮らしでは、彼も何かと不安だろう。

『もしよければ、もうひと晩泊まっても……』

喉元まで出かかったその言葉を辛うじてのみ込む。もう昔みたいな子供ではないし、いくらマンションでも冬場にリビングのソファで眠ったら風邪を引きそうだ。

「ひとりじゃ不安ですよね。もし具合が悪くなったらすぐに電話を――」

「あー……いや、そういうことじゃなくて」

律哉は視線を床に落とした。何か言いたいことでもあるのかと続きを待っていたが、彼はそれきり何も言わないし、こちらを見ようともしない。

沈黙が続き、気まずい空気が流れ始めた。諦めた沙奈は床に置いてあった私物の入った紙袋を拾い上げ、バッグを肩に掛けた。

「じゃ、私そろそろ帰りますね」

ゆっくりと言い、後ろ髪引かれる思いで踵を返す。

彼の怪我には本当にハラハラしたけれど、この二日間、恋人気分を味わえて幸せだった。一度離れれば、また元通りカフェの店員と客に戻ってしまうだろう。実際、それだけの関係だ。

しかし、沙奈がドアに向かって一歩踏み出した時――

「行くな」

そう聞こえた直後、背中が大きな腕に包み込まれた。

頬に触れるあたたかな肌。ざらりとしたひげの感触。パウダーオレンジのニットの腹部には、後ろから太い腕が回されている。

(……え？　ええっ)

抱きしめられたことに気づいた途端、心臓が壊れそうなほど震えた。いったい何が起きたのだろう。半分パニックになり、直前に何を話したのかも思い出せない。

逃れようとして身じろぎしたところ、身体を締めつける力がより強くなる。

「いてて……手加減しろよ」

「ごめんなさい」

力を抜くとすぐさまくるりと後ろを向かされた。遥か高みから見下ろす律哉の小鼻が広がっている。

「あ、あの」

「喋《しゃべ》るな」

そう言うや否や、律哉はいきなり沙奈の唇を奪った。

あたたかく、柔らかな唇が沙奈の唇の上をゆるゆるとうごめく。時折、ちゅっ、と吸い立てたり、舌先で唇をなぞったりしながら。

目が回るほどの甘い口づけに、自然と吐息が洩れた。沙奈の頭は耳の脇から差し入れられた大きな手でしっかりと支えられている。髪をくしゃくしゃにかき回され、唇も同様にこね回されて。

ドッキン、ドッキン、と胸が激しく鼓動を刻んでいた。キスの仕方なんてもちろん知らない。幼い頃と同じように、ただ律哉の真似《まね》をしてついていくだけだ。

強引に上を向かされ、つい口を開けてしまった。すぐにぬるりと舌が滑り込んできて、思わず目を白黒させる。

「ふ、んっ……」

肉厚の舌が、沙奈の口内で生き物のようにうごめいた。初めて味わう濃厚なキスの感覚に、律哉の胸にしがみつく。絡め取られた舌が器用に弄ばれ、吸われ、くちゅくちゅと優しく捏《こ》ねられる。

身体からすっかり力が抜け、立っているのもやっとだ。

「待っ、て……私……っ」

「口を利くなって」

薄く笑う吐息が唇にかかり、背中を震えが這《は》いあがる。低く甘い声だ。彼がこんなに色っぽい声を出すなんて、今の今まで想像したこともなかった。

背中にあった律哉の手が、腰、脇腹、臀部《でんぶ》と撫《な》で回す。太腿の後ろの際どい場所に指が触れた瞬間、沙奈はびくりと身体を揺らした。

「や……そんなところ……！」

「柔らかいな。直接触りたい」

「えっ、ちょ――」

彼の真意が掴めないまま、沙奈はいきなりベッドに押し倒された。そこへ律哉が上から覆《おお》いかぶさってきて、いよいよ心臓が壊れんばかりに騒ぎ始める。

沙奈の首筋に顔をうずめた律哉の、興奮したような吐息が掛かった。ニットの裾からあたたかな手が忍び込んでくる。スカートにたくし込んであるキャミソールが引っ張り出され、ざらついた指が素肌に触れた。

「ひ……」

ぞくりと腰が震え、無意識のうちに全身を固くする。下腹部に何か硬いものが当たっている。これはまさか、彼の漲《みなぎ》った男性の象徴なのでは……？

「ちょ、お願い、待って！」

相手が怪我人なのを忘れて、律哉の二の腕をバンバンと叩く。彼は不満げに唇を歪めてむくりと顔を上げた。

「ムードゼロかよ」

「だって、私どうしたらいいかわからなくて」

律哉の喉仏が上下する。

「まさか……はじめてなのか？」

こくりと頷く。

「もしかして、キスしたことも？」

「この前あなたにされたのが初めてで……」

すると、律哉の顔が奇妙に歪んだ。今にも笑い出しそうなのに、泣きそうにも見える複雑な表情だ。ついには顔を伏せてしまう。

「私、男の人と付き合ったことがなくて。やっぱり変ですかね」

ごまかし半分に、へへっと不器用に笑ってみせた。

おそらくは経験豊富な彼に、処女であることを知られるのがちょっと恥ずかしい。年頃を迎えたあたりから、律哉以外にこういったことをする相手はいないと思って生きてきたのだ。

「おかしくない……」

「え？」

「何もおかしくなんかない」

「んぁっ」

低く呟いた律哉にいきなりきつく抱きしめられ、変な声が出てしまう。

「あんまり力を入れたら傷にさわるから……！」

「薬をのんだから大丈夫だ」

沙奈の髪に口をつけているのか、彼の声はくぐもって聞こえる。

「そんなに早く効くわけないでしょう」

「もう黙ってろよ」

不満を述べた直後、律哉は沙奈の唇を素早く捕らえた。

強く押しつけられた唇が、激しく沙奈の唇の上を這いまわる。息が荒い。突然のことに驚いて逃れようとするも、顔を両手でしっかりと押さえつけられており、なすすべもない。

「ん……っ……う」

獰猛《どうもう》なまでの荒々しさに、すぐに息も絶え絶えになった。すっかり戦意を失った頃にようやく頬から手が離れたものの、今度は両手を頭の上でシーツに縫い留められてしまう。

彼の動きは、とても大怪我している人のそれとは思えなかった。いくら痛み止めをのんだとはいえ、昨晩は意識すら怪しかったのだ。こんなにすぐに動けるようになるなんて、ちょっと信じられない。

はじめは激しかった口づけは、すぐに優しく、艶《なま》めかしいものに変わった。互いの唾液でしっとりと濡れた唇がそっとついばまれる。唇でなぞられる。まるで、大切な宝物でも扱うかのように。

(私、興奮してる)

甘ったるい口づけに翻弄されながらも、鼓動が耳の奥でドキン、ドキンと騒いでいるのがわかった。太腿に硬くなったものがぐいぐいと押しつけられている。自分の脚のあいだも、熱が籠っているように感じるのは気のせいではないのだろう。

沙奈は律哉のうなじに手を回した。そして、唇の内側の粘膜を撫でる舌を、自ら唇を開いて迎え入れる。

肉厚の彼の舌が獰猛に口内をまさぐった。淫らな音を立てながら、逃げる舌を追い、吸い立て、舌で舌を愛撫《あいぶ》する。

長い口づけから解放された時、沙奈は喘《あえ》いでいた。律哉も同じだ。荒い息遣いを隠そうともせず、熱の籠った瞳で沙奈をじっと見つめる。

「お前が狙われていると前に言ったこと、覚えてるか？」

唐突な質問だ。戸惑いつつもこくりと頷く。

「もしかして、また誰かが私を誘拐でもしようとしてるんですか？」

「いや……おそらく狙いは金だろうが、命の危険がないわけじゃない。でも安心しろ。お前のことは俺が全力で守る。いつも、どんな奴からも。だから——」

沙奈の額に、彼の額がコツンとくっつけられた。

「今だけでいい。この時間を俺にくれ」

（りっくん……！）

沙奈は大きく目を見開き、律哉の燃えるような双眸を見つめた。

熱の籠った眼差し。真摯な言葉。声のトーン。日もとっくに落ちた室内は薄暗いものの、彼が思い詰めた表情をしているのがわかる。

沙奈は律哉の目を見てしっかりと頷いた。するとその直後、熱い唇に自身の唇が捕らえられ、息をのむ。

強く押しつけられた唇が沙奈の唇を舐《ねぶ》り、優しく吸い立てた。首をくねらせ、何度も角度を変えながら、先ほどより淫らに、情熱的に。

閉じた歯列を突き破った舌が、するりと口内に滑り込んでくる。

荒々しい吐息とともに唾液が流れ込む。おずおずと差し出した舌はすぐに絡め取られ、しごかれ、痛いほど吸い上げられて……

熱に浮かされたような彼のキスは、うまいとは言えないのかもしれない。それでも、夢中に求めてくる不器用さがかえって嬉しい。

沙奈の唇をひとしきり味わったあと、律哉の唇が頬を滑った。それから首筋、喉へと這い、耳の下に潜り込む。沙奈は、ひゃ、と小さく悲鳴を上げて首をすくめた。

「くすぐったい」

「感じやすいのか」

「わからな……あんっ」

律哉がくすくすと笑いながら、執拗《しつよう》に唇を首筋に這わす。翻弄されているうちに、いつの間にかブラジャーのホックが外された。バストが自由になった安堵《あんど》感もつかの間、すぐにブラジャーが二ットとともに首から引き抜かれる。

続いてスカート、ストッキングまで脱がされ、あっという間にサイドが紐になったショーツ一枚になった。

沙奈は頬を熱くして両手で身体を隠した。恥ずかしくて彼の顔なんてとても見られない。こんな姿、母親みたいな存在である幸代にも見せたことがないのに。

「きれいだ」

その声におずおずと視線を上げると、上から覆いかぶさるようにした律哉が、眩《まぶ》しそうに目を細めて見下ろしている。彼の熱い眼差しは、たわわな乳房に注がれ、腹部をかすめ、ショーツへと向かう。それから、また乳房に上がり、最後に沙奈の目を捉えた。

「ほ、本当に？」

熱の籠った切れ長の双眸に問いかける。

「ああ。……すごくきれいだよ」

かすれ声とともに腰をするりと撫でられ、沙奈は唇を噛んだ。年頃を迎えてからというもの、この大きな胸のせいで嫌な目に遭うこともあった。でも、彼がそう言ってくれるなら好きになれる。

律哉はジャージの上を脱いでベッドの下に放り投げ、続いて下半身に穿いているものにも手を掛けた。

「きゃっ」

沙奈は咄嗟に両手で顔を覆った。勢いよくまろび出た彼の昂《たか》ぶりが、窓から差し込む共用廊下の明かりに、硬くそそり立っているのが見えたからだ。

(あれが私の中に入るっていうの？　嘘でしょ？)

ちらりと目にした律哉のものは――いや、初めて見る男性のそれは、やけに禍々しい形をしていた。それに想像していたよりもずっと大きい。

恐るおそる指のあいだから覗《のぞ》き見れば、彼が呻きながらショーツとトレパンを下ろしているところだ。痛むのだろうか。肝心なところは彼の頭の陰になっていて見えない。

怖気《おじけ》づくあまり、律哉が覆いかぶさってきた時は小さく悲鳴を上げてしまった。彼はTシャツを着たままだ。一糸まとわぬ太腿にあたたかなものが触れた途端、びくりとしてしまう。

「んっ」

小鳥のさえずりみたいな口づけが首筋に落ちた。ウエストのくびれを撫でられたら、くすぐったくてじっとしていられない。その手が腹部を優しく滑り、また腰を撫で、じわじわとバストに向かう。

沙奈の乳房は大きな手のひらで優しく押し包まれた。ふやふやと散々揉《も》みしだかれた挙句に、きゅ、と頂《いただき》を摘まれる。

「はァん……ッ」

甘く痺れるような感覚が素肌を駆け抜けた。おかしな声が出たことにびっくりして、手の甲を口に宛《あて》がう。律哉は胸の谷間に顔をうずめ、その両脇で乳房を揉みしだき、繰り返し頂を弄んでいる。

脚のあいだがむずむずして、身体の奥から何かが溢れてくるような感じがした。胸の先端を弄られるたび、身体のあちこちがびくりと跳ねてしまう。

「や……だめ、そこ……変な感じ」

「気持ちいいんじゃないのか？」

「よく……わかんない」

「じゃあここは？」

乳房を包んでいた一方の手が離れて、ショーツの中に滑り込む。

「ああんっ」

誰にも触れられたことのない場所がそっと撫でられた途端、雷にでも打たれたかのような衝撃が走った。じんじんと焼けつくような強い刺激。身体がびくびくと震えてしまい、律哉の腕を掴む。

「ひゃ、あっ、だめ」

「すげぇ濡れてる」

「そんなとこ、いじっちゃだめぇ」

「だめじゃないだろ？」

小さな子を嗜めるように言って、彼は執拗に沙奈の秘所を苛《さいな》む。不埒《ふらち》な手を引きはがそうと必死になるが、大人になった律哉の腕は太く逞しく、沙奈の力ではびくともしない。

自分からは見えないところで、彼の指が執拗にうごめいた。上から下へ。下から上へ。ぬかるんだ谷間を撫でる指が敏感になった花芽に触れるたび、びくん、びくんと脚が跳ねる。

「んあっ……おかしくなっちゃう」

沙奈は彼の腕を掴み、いやいやをした。

「こういう時はおかしくなっていいんだ」

「無理……怖いもん」

「怖くなんかない。俺がいるだろう？」

吐息まじりの声で、律哉が気遣うような上目遣いで囁く。

その無防備な表情に沙奈の胸はキュッとなった。今の彼は幼い頃の律哉と同じ顔だ。面倒見がよくて、いつだって優しくて頼りになる、ちょっと年上のお兄さん。

何度か尋ねようとしては失敗していたけれど、彼ははじめから幼なじみの沙奈だとわかっていたに違いない。ふたりきりの時にだけ見せる彼の優しさから、なんとなくそう感じる。

おずおずと頷くと、彼はすぐさま沙奈の胸の頂を口に含んだ。

「ん、んっ……」

そのなんともいえない奇妙な感覚が、ほんの数秒後には心地いい感覚に変わる。

下腹部では、潤んだ蜜口を撫で回すスピードが徐々に増していた。くちくちという淫らな音。芯を持った花芽が円を描くように優しく苛まれ、身体の奥から得も言われぬ快感が湧き起こる。

「あ……はぁン……ん……っ」

気がつけば、甘い喘ぎが滔々《とうとう》と零れていた。律哉と一緒に気持ちよくなりたいという思いが、羞恥心を遥かにしのぐ。

「気持ちいい？」

律哉が尋ねてくる。こくこくと頷いて目を開ければ、視界に飛び込んできた彼の表情にどきんと胸が鳴る。

普段は鷹のように鋭い目がすっかりとろけ、成熟した男の色気を芬々《ふんぷん》と放っていた。唇は微笑《ほほえ》むように緩められ、声は真綿みたいに優しい。

「今、もっと気持ちよくするから」

彼はそう言うなり足元へ這っていき、いきなり沙奈の膝を両手で割った。脚を閉じる間もなく律哉が沙奈の下腹部に顔を近づける。ショーツのクロッチがずらされ、ちろ、と何かが秘所に触れた。

「ひゃあんっ……！」

瞬間、強烈な官能の刺激に襲われ、全身がぶるぶる震えた。何が起きているのかさっぱりわからない。とにかく律哉をそこから引っぺがそうとするが、まったく力が入らないのだ。

そこではじめて脚のあいだを見下ろして驚愕《きょうがく》した。恐ろしいことに、律哉は指でずらしたクロッチの中に舌を伸ばしている。

「きゃあ！　ちょっ、何してるの!?」

「何って、舐めてるんだよ」

喋りながらも、ちろちろと舌先でくすぐる。

「ふわっ……だっ、だめ、汚いから……！」

「汚くなんかない」

「昨日だってシャワー浴びてないのに……！」

律哉が顔を上げ、唇と秘所のあいだに透明な橋が架かった。

「それは俺も同じだ。むしろありがたいと思ってたんだけど」

「は？」

男性経験がない沙奈には、その感覚はまったくわからない。経験があったとしてもわかるかどうかは微妙だ。

「いい匂いだ」

「も……やだぁ」

気づけば律哉が脚のあいだでスンスンと鼻を鳴らしており、沙奈は顔を両手で覆った。

男性は皆、ベッドの中でこんなふうになってしまうのだろうか。興奮した様子の彼が、鼻先でもっとも敏感な場所をつついてくるので堪らない。

沙奈の太腿をしっかりと抱え、中心の秘裂に沿って舌を往復させ、溢れた蜜を吸う。花びらの内側、外側も丹念に舐め、時折蜜口に舌を突き立てる。

「あ……あ……」

次々と襲い来る心地よさに、不満も恥じらいも消えた。身も心もすっかりとろけ、喘ぎを零しつつ律哉の髪を両手でくしゃくしゃにかき混ぜる。

舌先が花芽に触れた途端、ぴくん！　と身体が跳ねた。敏感になったところをコリコリと優しく嬲《なぶ》られたら、もう堪らない。律哉の汗ばんだ頭を膝で抱きしめる。

「あ、あ……っ、やぁっ……あんっ……！」

沙奈の反応に気をよくしたのか、律哉はぴちゃぴちゃと音を立てながら秘裂を執拗になぞった。下から上へ、下から上へと、同じ動きが繰り返される。舌が花芽に触れるたびに、びくびくと震えてしまう。

「すごいな……中からどんどん溢れてくる」

興奮した様子の声が脚のあいだから響く。蜜口を撫でる彼の指が今にも入ってきそうだ。

「いやっ……そんな恥ずかしいこと……言っちゃ」

「ほら、こんなに」

「はぅっ！」

つぷりと蜜口を破った何かが、身体の中に侵入してきた。なんとも言えない違和感に奥歯を噛みしめる。

「痛いか？　今指入れたんだけど」

律哉が心配そうな顔で尋ねてくる。沙奈は静かに息を吐いた。

「痛くはないけど、なんか……変な感じ」

「はじめてだからかな」

「そう……なんですかね」

自分の身体なのにわからないのがもどかしい。

「ゆっくりするから痛かったら言ってくれ」

「は、はい」

震え声で返すと、胎内にあるものが動き始めた。何かを塗りつけるかのように、丹念に。脚のあいだから、くちくちと粘度の高いものを捏ねる音がする。しばらくするとそれが引き抜かれ、今度はもっと強い圧迫感とともに戻ってきた。

恐るおそる視線を向けたところ、脚のあいだに長い指が突き立てられている。それも二本。塊がじわりと奥へ入ってきて、沙奈は息をのんだ。

「痛い？」

「ううん……」

首を横に振った直後、ゆっくりと抜き差しが始まった。ぐちゅっ……ぐちゅっ……という卑猥《ひわい》な音。塊が動くスピードが上がるにつれ、蜜洞をこする音も大きくなる。

けれど、正直言って気持ちがいいとは言い難かった。さっきはとろけそうな気持ちになれたのに、と少し自信をなくしてしまう。

（どうしよう。ちゃんとりっくんを気持ちよくさせられるかな）

不安な気持ちに囚われ始めた時、律哉が脚のあいだに顔を伏せた。

「ひゃんっ」

ちゅ、と花芽を吸われて膝が揺れた。クロッチの脇から差し入れられた舌が、ちろちろとそこばかりをくすぐる。途端にどうしようもない気持ちになり、律哉の頭にしがみついた。

「あっ、あ……だめ、そんなに……！」

必死にいやいやをしても、彼は花芽をいたぶることを止めない。指を動かすことも止めない。執拗に捏ねられた花芽が、ズクン、ズクンと熱をもって疼いている。それが次第に鋭くなり、指でこすられている蜜壺にそれまではなかった快感めいたものが生まれる。

しばらくはぼんやりしていたその感覚が、同じ刺激が繰り返されるごとにはっきりとしてきた。気持ちがよくて、もどかしくて、それ以外にも何か……

その違和感の正体に気づいた途端、閉じていた瞼をパチリと開く。

「ちょっ……待っ……！」

律哉の頭を軽く揺さぶるが無視されてしまい、膝で頭を挟み込んだ。まずい。このままでは大惨事になる。

「ん、んん……ッ、お願い……出ちゃう、からぁっ」

「出るって、何が？」

吐息まじりの声が秘所を撫でる。

「おしっ……おしっこが……ッ」

「出てもいいよ」

「だって——あっ、あっ、もうだめッ——」

その時、限界まで膨れ上がった快感が音を立てて弾けた。身体の奥から震えが起こる。とてつもない興奮に身も心も打ち砕かれ、一瞬意識が遠のいた。

「イッた？」

「えっ……？」

うっとりと閉じていた瞼を開けると、律哉がとろけそうな目で見下ろしている。急に恥ずかしくなった沙奈は、彼の熱い眼差しから逃れて視線を泳がせた。よかった。尿意だと思っていたけれど違ったらしい。

「あ、あなたは……？」

「まさか。まだ何もしてないのに」

隣に横たわった律哉が笑いを零しながら返した。彼の視線を目で追えば、腹にくっつきそうなほどそそり立ったものが重たげに揺れている。

沙奈はごくりと喉を鳴らした。いくらなんでも大きすぎる。彼の指にさえたじろいだというのに、その何倍もの大きさがあるではないか。

律哉が覆いかぶさってきて、沙奈を熱い目で見つめた。

「早くお前の中に入りたい」

そう囁くや否や、彼はショーツの片側の紐をほどいた。太腿の裏側が押され、ぐずぐずになった秘所に硬くあたたかいものが押しつけられる。

「んっ！」

丸々とした先端が、甘やかな刺激とともに谷間を滑った。きゅんと蜜洞が締まり、花びらがひくつくのがわかる。より敏感に刺激を拾うのは、達したばかりだからだろうか。

「入ってもいい？」

律哉が探るような瞳で尋ねてくる。およそヤクザらしからぬ優しい声。

沙奈はこくりと頷いた。長年思い焦がれていた律哉といよいよ結ばれる。ぶるぶると震える身体を、律哉がしっかりと抱きしめた。

「大丈夫だから。痛いかもしれないけど、大丈夫だから」

「何それ」

沙奈はくすりと笑ったが、声は震えている。

律哉が沙奈の頭の上に手を伸ばし、手にした銀色のパッケージを歯でちぎった。片手で下のほうでもぞもぞとやりつつ、沙奈の唇に口づけを落とす。

律哉の唇が、沙奈の唇を優しくなぞった。内側の粘膜を舐め、軽く吸い立て、沙奈が自ら差し出した舌をねっとりと絡めとる。

彼との口づけは気持ちがよく、心が満たされる気がした。癒《いや》される……というのだろうか。性的な気持ちよさを超えた何かを感じるのだ。

口づけにすっかり熱が籠った頃、蜜口にあたたかなものが宛がわれた。彼は自分自身に手を添え、秘裂の上を滑らせて愛液をなじませる。

「痛かったら言ってくれ。どうしても無理ならやめるから」

切っ先が蜜口を破った瞬間、沙奈は静かに息をのんだ。襲い来る苛烈な痛みに目の前がチカチカする。息が止まりそうになる。下半身全体が今にも引き裂かれてしまいそうだ。

「痛いだろうな。すまない」

沙奈は固く閉じていた瞼を薄く開けた。彼はキスをしながら、何度も絞り出すように謝り続ける。自分が苦しんでいるかのような声だ。けれど、止める様子はない。獰猛に唇を貪りつつ、ゆっくりと昂りを押し進める。

「う……ん、んっ……！」

めきめきと隘路《あいろ》が広げられる感覚に、頭のてっぺんが痺れた。手探りで律哉の手を求める。その指を彼が絡め取り、恋人つなぎにしてシーツに押しつけた。

「全部入った」

律哉が言った瞬間、沙奈は深いため息を洩らした。ずっとこらえていたものが堰《せき》を切って溢れ、つうっとひと筋目尻を伝う。

「ばかだな……何泣いてんだよ」

優しく頬にキスを落とされ、沙奈はしゃくりあげた。

「だっ……てっ、痛かったんだもん」

もちろん言い訳だ。

彼と結ばれる日を、ずっと、ずっと夢見ていた。『りっくんのお嫁さんになる』という幼い頃の夢は叶わないかもしれないけれど、こうして彼と身体を重ねられたことが夢みたいに嬉しい。

「ごめんな。痛くして」

「ううん。大丈夫」

シーツの上で、大きな手が沙奈の手のひらを優しく撫でた。律哉は慈しみ深い笑みを浮かべている。彼の瞳も水を湛えているように見えるのは気のせいだろうか。

律哉の顔が近づいてきて、吐息が唇に掛かった。彼は口を大きく開け、沙奈の唇を覆う。強く押しつけた唇で沙奈を味わい、舌で歯をこじ開けねじ込んでくる。

口内を探る肉厚の舌を、沙奈は舌で絡めとった。唾液がつらつらと流れ込んでくる。互いに頭をくねらせ、逃げる舌を、うごめく唇を、夢中で追い求める。

「沙奈」

唇をつけたままうわごとみたいに名前を呼ばれ、沙奈は瞼を開けた。けれど無意識だったのか、彼は息を乱して沙奈の唇を貪っている。

伝わってくる律哉の興奮に、胸がじんと熱くなった。腰の動きは止めたまま。欲望に突き動かされていても彼は優しい。

片手を放した律哉の手が、沙奈の髪に触れた。その手が頬を撫で、耳たぶをくすぐり、うなじを探る。

沙奈は首をすくめた。耳の周りやうなじを触られるとどうもじっとしていられない。

「耳、弱いのか」

「んっ、くすぐったいんだもん」

「誘ってるのかと思ってたのに」

律哉が笑いながら鼻先を耳元にうずめたため、沙奈はびくりと震えた。耳たぶがチュッと吸われ、甘く噛まれる。舌が耳の縁を這うと、もじもじと腰が揺れてしまう。

「じゃ、ここは？」

「はんっ」

低い声に鼓膜を揺さぶられ、思わず声が出た。

彼の手は沙奈の腰のくびれをまさぐっている。その手がじわじわと上へ向かい、脇に流れた乳房をすくって手のひらで押し包む。

「お前の身体はどこも柔らかいな……マシュマロみたいだ」

低く唸るように言って、律哉は大きな手で乳房を揉みしだいた。彼の手の中で、豊かな双丘は自在に形を変える。しばらくのあいだ柔らかさを堪能していた指が、突然真ん中の突起を指で摘まむ。

「は……あっ」

甘やかな痺れが身体を駆け抜け、沙奈はぐんと背を反らした。薄桃色の頂は指で弾《はじ》かれ、つねられ、さらに律哉の口の中に含まれる。

身も心もとろかすような心地よさが身体じゅうを駆け巡った。

気づけば痛みがだいぶ治まっている。硬く漲った彼をいだく場所が、未知なる刺激を求めてじんじんと疼く。

彼は優しい人だから、求められない限りこのままじっとしているだろう。沙奈は勇気を出して律哉の腰に脚を絡めた。

「動いてもいいのか？」

顔を上げた律哉が心配そうに眉を寄せる。

やはり思った通りだ。沙奈はこくりと頷き、彼のうなじに手を回した。

「大丈夫だから。来て」

すると、彼の喉仏が上下するのが見えた。ほどなくして胎内のものが動き始め、沙奈はこっそりと奥歯を噛む。じっとしている時ならともかく、傷口がこすられるのだからやはり痛い。

「大丈夫か？」

不安げな声にこくこくと頷く。

律哉は眉の間に皺を寄せ、蜜洞を押し広げている大きな塊を入り口まで引いた。そしてまた、ゆっくりと奥深いところに沈める。

「ん……ぁっ……」

隘路をぎっしりと満たす圧迫感に、自然と喘ぎが洩れた。

「ごめん」

「違うの……大丈夫。痛くないから」

「強がりだな」

彼は笑みを零して、沙奈の頭を撫でる。

幼い時の律哉は活発なのに心配性で、沙奈が怪我をしたと知ると、やれ消毒だの、ばんそうこうだのと大騒ぎしたものだ。自分はいつも傷だらけだったくせに。

胎内の一番深いところにあるものが、優しく奥の壁をつついた。あまり激しく動くと痛いだろう、と沙奈を気遣ってのことかもしれないが、彼自身はフーフーと荒い呼吸を繰り返している。きっと必死に我慢しているのだろう。

その気持ちが嬉しくて、沙奈は彼を抱きしめる腕に力を込めた。

「痛いか?」

ううん、と首を横に振る。

「もっと動いても大丈夫だから」

「わかった」

律哉がゆっくりと腰を引く。抜け落ちる寸前まで引いたものを、大きく回しながら突き入れてくる。

「ああっ……！」

蜜洞を犯す衝撃に、喉から喘ぎがほとばしった。律哉のうなじに回した両手が絡め取られ、頭の上でシーツに縫い留められる。

苦しげに顔を歪めた律哉が、荒い息をついた。

「すまない……やっぱり我慢できそうにない」

「りっ——椋本さん？」

律哉が胸に覆いかぶさってきた。噛みつかれそうな勢いで乳房に口をつけると、音を立てて頂を吸い立てる。

「はんっ……！」

びくりとした瞬間、乳房に彼の歯が当たった。仰け反ったせいで、かえって胸を突き出す格好になったのだ。

「あぁ……ふ……んんッ」

桜色をした乳首が、あたたかな口の中で転がされ、甘く噛まれ、唇でしごかれた。何度も、執拗に。

攻められているのは胸なのに、なぜかふたりが結びついている場所がきゅんきゅんと疼く。

まるで、胸の先端と身体の奥深い場所が糸でつながっているかのよう。甘やかな刺激はむしろ、抜き差しの繰り返される場所のほうが強い。

「沙奈、気持ちいいか？」

荒々しい息遣いのなか、律哉が尋ねてくる。

薄く目を開ければ、廊下から投げかけられる薄明かりのなか、彼の目は炯々《けいけい》と輝いている。汗で濡れた髪が額にはらりとかかり、なんとも色っぽい。

沙奈は囚われた体勢のまま、こくこくと頷いた。実際、痛みはもうあまり感じられない。代わりにそこに芽生えたのは、あまりに儚《はかな》くて脆《もろ》い不確かな快感。

その感覚は律哉の分身が隘路を駆け抜けるたび、はっきりと濃くなっていった。くちゅっ、くちゅっと淫らな音を響かせて、熱い猛りが肉壁を力強くえぐる。滑らかに踊る。

やがて、身体の奥から獣じみた欲求がせり上がってきた。

それは、膨らんだり萎《しぼ》んだりしながらも、着実に沙奈を高みへと押し上げていく。屹立《きつりつ》の先端が腹の裏側の一点をかすめるたび、膝が震えた。

「はっ……んっ、そこ……だめぇ……っ」

「だめじゃないだろう？　気持ちいいって言えよ」

「だって……っ、なんか、来ちゃう」

「またか。そういう時は『イク』って言うんだ」

「ん……んっ、そんなの、わからな……ああっ」

抽送のスピードがぐんと増した。

髪を振り乱し、汗を零しながら腰を振る律哉が、焦がれた瞳で見下ろしてくる。彼は片手で沙奈の両手を押さえたまま、もう片方の手で沙奈の頬を包んだ。

「イけよ……お前の感じてる顔を見せてくれ」

頬を滑った手が、沙奈の乳房の先端に触れた。途端に彼をいだく場所が熱をもち、いてもたってもいられなくなる。

柔らかな乳房が大きな手に激しく揉みしだかれた。根元を強く掴まれ、ぷっくりと立ち上がった先端を指で弾かれる。と同時に、硬く張ったもので蜜洞を一心不乱に突かれ、獰猛な快感と焦燥感に苛まれる。

「あっ、あっ、そんなに……はげしく……っ、あっ」

沙奈の太腿がびくびくと跳ねた。

「沙奈……沙奈……」

狂おしげな声で名を呼ぶ律哉の腰を、自身の脚で引きつける。身体の奥から獰猛な熱が込み上げ、いよいよどうにもならなくなった。

「も……だめ、イキそう……あっ、あ……イッちゃうっ――」

「ヤバい……俺も、イクッ……」

呻きにも似た声が聞こえた直後、凝縮された熱が爆発した。瞼の裏側に火花が散る。頭が真っ白になり、周りの音が何も聞こえなくなる。

沙奈は律哉の腰を膝で締め付け、何度も喘ぎを零した。

先ほど舌と指で達した時とは感覚が違った。身体だけでなく、心までが満たされるほどの深い絶頂感。身体がふわりと浮かんだのち、一気に沈んでいく感覚があった。

「は……あん……」

沙奈は目を閉じて、嵐が去ったあとの安らぎを味わっていた。まるで、雲に乗ってふわふわと空に浮いているみたいだ。甘くて気だるい靄《もや》が、頭のてっぺんから指の先まで包み込んでいる。

胎内の奥深いところでは、彼の分身がびくん、びくんとわなないていた。

(りっくんも気持ちよくなれたかな。……ううん。たぶん、そう)

プレッシャーから解放され、ホッとした瞬間に喉元が熱くなった。けれど、胸の小さなつかえは取れてくれない。身体を繋げたからといって、彼を『りっくん』と呼べるようになったわけではないのだ。

律哉がため息をつきながら、沙奈の身体に圧し掛かってきた。少し苦しいけれど、この重みが心地いい。

「ごめんな……」

「えっ?」

突然謝られた沙奈は、困惑しつつその返事を探した。破瓜《はか》の痛みを与えてしまったことを気にしているのかもしれない。

「大丈夫ですよ。もう痛くありませんから」

「そうじゃない。その……あれだ、これでもだいぶ我慢したんだけど」

律哉が沙奈の脇に片肘をつき、前髪をかき上げた。色っぽいしぐさだ。半分伏せた状態の睫毛が濃く、長い。

沙奈は小首を傾げて彼を見つめた。

「えっと……よくわかりませんけど、そうなんですか？」

「お前の中が気持ちよすぎて――」

（えっ）

沙奈に見られていることを気にしたのか、律哉はばつが悪そうに目を逸らした。彼が沙奈の首筋に顔をうずめる。コルセットの凹凸が腹に触れ、彼が怪我人であることを思い出した。

「ちゃんと気持ちよくなれたか？」

ぼそぼそと自信のなさそうな声だ。沙奈はくすりと笑みを浮かべ、律哉の背中を抱きしめる。

「すごく……気持ちよかったです」

「そうか。ならよかった」

そう囁いた律哉が、沙奈の耳に唇をこすりつけてきた。さらにきつく抱きすくめてきて、髪にすんすんと鼻を押しつける。

「お前はいい匂いがするな。それに柔らかい」

「んっ」

体温の高い手が、沙奈の乳房を優しく揉んだ。指先で頂を弾かれ、身体の奥に残されたままの彼自身を蜜洞が勝手に締めつける。

「は……んっ」

くちゅ、とねばついた音とともに胎内のものがうごめき、沙奈は腰を揺らした。緩やかに彼自身が押し引きされる。それは、出たり入ったりするたびに、また勢いを取り戻していく。

耳元で徐々に荒くなっていく律哉の吐息に沙奈は困惑した。男性は一度達したら、しばらくはできないのではなかっただろうか。

「ヤバいな……めちゃくちゃにしたくなる」

「あんっ」

吐息まじりの口づけを耳に落とされ、思わず首をすくめた。

「あっ……あの、もしかして……また？」

「うん。いいだろう？」

彼は囁きながら今度は唇を食《は》んだ。舌で唇をなぞられ、すぐに頭がぼーっとなるけれど。

「ちょ……だめっ！」

「なんだよ」

無理やりキスから逃れて肩を押し戻したところ、彼は鋭い目つきで威圧した。しかしこれで怯《ひる》んではならない。

「今日はもうさすがに休んだほうが――あんっ！」

身を起こした律哉がいきなり激しく腰を振ったため、沙奈は目を白黒させた。

「今さらかよ。もう治ったたって言ったろ？」

「そんなわけ――」

「うるさい口だ」

沙奈の抗議はキスによって奪われた。ちょっと口を開こうとするとキスがより激しくなり、身動きしようとすると全身を使って身体を押さえつけられる。

息の荒さはまるで手負いの獣。痛みを忘れた傷だらけの狼《おおかみ》に、沙奈は月が傾くまで身も心も翻弄され続けるのだった。

＊

共用廊下に面した窓がわずかに明るくなった。

律哉は大あくびをかみ殺し、凝り固まった身体を伸ばすべく軽く伸びをした。それから疲れた目頭を指でギュッと摘まみ、目をしばたたく。

（マジか……一睡もできなかった……）

昨晩はばかみたいに興奮してしまい、自分が怪我人だということを忘れて何度も沙奈を抱いた。ようやく彼女を解放したのが夜中の三時。身体のあちこちが悲鳴を上げているのに、空が白んでも睡魔はやってこなかった。

無意識に目覚まし時計が置いてある棚の上に首を向ける。すると、柔らかな髪が唇に触れ、急に室内が明るくなったように感じた。

左腕が痺れて感覚がなくなっていたのは、沙奈の頭が乗っているからだった。

腕に感じる重み。

小さな寝息。

素肌に触れるぬくもり――

どれも欲しくて堪らなかったものだ。吹けば折れそうな彼女の身体が、自分を頼るようにぴったりと寄り添っていることが信じられない。彼女をこの手に抱くことを夢見て、律哉はこの歳まで女を知らずに来たのだ。

一定のリズムで繰り返される寝息から、沙奈はぐっすりと眠っているようだった。顔に掛かった髪を指でどけると、少しあどけなさの残るバラ色の頬がお目見えする。

（かわいい……）

唐突に込み上げた愛しさに股間が一気に張り詰めた。もとより朝の自然現象で硬直していたそれは、獰猛な欲望をもって彼女の太腿に触れる。べたついた柔らかな内腿《うちもも》のあわいを破り、あたたかな蜜を零す洞に戻りたくなるけれど——

律哉は奥歯を噛んで腰を引いた。破瓜の痛みがあるところを何度も抱いたのだ。今もきっと、疲れ切って眠っているに違いない。

艶めいた髪に口づけを落とすと、沙奈は身じろぎをした。

「あ……ん。もっとぉ……」

ずくん、と肉杭が疼いた。夢の中でまで求められているとしたら幸せすぎて胸がはち切れそうだ。

しかし。

「うーん……もっと食べたい……」

不意に噴き出しそうになり、律哉は慌てて顔を背けた。

寝言が激しいのは昔のままだ。幼い頃の沙奈はよく寝る子で、一緒にお絵描きをしている最中に眠ってしまったこともある。しかも大抵は何かを食べている夢だ。今の彼女はスタイルもよくきれいだが、幼い頃のぽっちゃりした姿もかわいらしかった。

満たされた気持ちで静かにベッドを離れた律哉は、洗面所へ向かった。鏡に映った顔を見れば、案の定クマができている。

四苦八苦しながらTシャツを脱ぎ、コルセットを外すと跡がついていた。本当は寝る時には外すものらしいが、沙奈が腕枕で寝てしまったため身動きが取れなかったのだ。

鏡に映る姿に目をやれば、浅黒い肌にはあちこち傷がある。それを隠すように、上半身のほとんどの部分に黒一色のトライバルタトゥーが施されていた。ほぼ素肌のままなのは左腕だけ。両肩と胸には、人にどう説明していいかわからない複雑な模様と文字がびっしりと刻まれ、右腕の前腕から手首にかけては猛禽の羽根が描かれている。

背中にあるのは月蝕《げっしょく》をモチーフにした月と太陽の図柄だ。ちっぽけな月でも、自ら強大な光を放つ太陽を喰《く》らうことができる——そんな気概めいたものを込めた。

名のある彫り師のもとを訪れたのは、上京してすぐの頃。はじめは筋彫りしか入れられなかったが、その後ある程度まとまった金ができるごとに隙間を埋めていった。

律哉は心臓の位置に彫られた、大輪の花をモチーフとしたデザインを指でなぞった。

極道が好む和彫りにしなかったのはせめてもの抵抗だ。

裏社会の住人となった今でも、律哉は極道が嫌いだった。同じ思いだったはずの沙奈は、こんな男に抱かれるのが嫌ではなかったのだろうか。よりによってヤクザに抱かれるなんて……。

二日ぶりのシャワーを浴び、リビングに入って最初に壁掛け時計に目をやった。時刻は六時二十分。今朝は早番だと沙奈が言っていたから朝食をこしらえなければ。

冷蔵庫の中には玉子とベーコンがあるし、怪我をした日に沙奈が買った食パンがまだ残っている。

胸を捻らないよう気をつけながら、てきぱきと料理に取り掛かる。

まずはフライパンにサラダ油を引き、玉子を割り入れて蓋をした。トースターに食パンを入れてダイヤルをセットし、フライパンにベーコンを投入する。

上京してくる前からひとり暮らしをしていた律哉にとっては造作もないことだ。ただ、最近はあまり時間が取れないのと、ひとり分の食事を作るのが億劫なためコンビニ食に頼っている。

ベーコンがチリチリと音を立てる頃、リビングのドアが開く音がした。

「おはよう……ございます」

丸めたシーツを抱えた沙奈が、十センチほど開けたドアの向こうでもじもじしている。律哉はキッチンの中から彼女の全身を一瞥した。

「おはよう」

「きゃっ」

パタンとドアが閉まった。……が、すぐにまたそろりと開く。

「あの、シャワー借りますね」

「うん。棚に入ってる俺のスウェット着ていいから」

沙奈はまた逃げるようにドアを閉めて行ってしまった。

(面白すぎ)

くっくっと笑いながらフライパンの蓋を開けた。玉子がいい感じに焼けており、黄身に張った薄い膜の中で泡がふつふつとしている。

沙奈がリビングに戻ってきたのはそれから二十分くらい経った頃だった。破瓜の際に汚したシーツを洗っていたため遅くなったのだろう。ちょこまかした動きでシーツをバルコニーに干す後ろ姿を、律哉はソファからとっくりと眺める。

小柄な彼女には、律哉のスウェットはあまりに大きすぎるようだ。丸い尻が左右に揺れている。物干しが高すぎるのか何度かジャンプすると、豊かな乳房も尻も上下に跳ねる。

（やべ……）

服の中身を想像したら欲望がムクムクと頭をもたげてきて、急いで目を逸らした。彼女の味を知ってしまった今では、いつ何時でも抱きたくなってしまう。彼女が今日、仕事でなければいいのに。

「朝ごはん作ってくれたんですね！」

バルコニーから戻った沙奈が、パッと目を輝かせた。テーブルのそばまでやってくると、すんすんと鼻を鳴らす。

「うーん、おいしそう！　ありがとうございます」

ころころと表情を変える彼女を見ていると、自然に口元が緩む。唇を必死に引き結び、正面の席を促した。

「ほら、早く食べないと遅刻するぞ。座れよ」

「はい。えっと、隣でもいいですか？　正面はなんかちょっと……恥ずかしくて」

「いいよ」

律哉が横にずれると、沙奈はその隣に腰を下ろした。律哉が脚を開いて座っているせいで互いの膝が当たる。耳まで真っ赤にしている沙奈がかわいくて、律哉は口元を手で隠した。

いつもひとりだったこの部屋に彼女がいるのが不思議でならない。それも、こうして一緒に食事を囲んでいるなんて。

律哉は沙奈の前にトーストが載った皿を押しやった。ベーコンと目玉焼きもきっちり半分ずつ。きれいに並べて載せる。

「ありがとう。いただきます」

「いただきます」

ふたりの声と手を合わせる音が重なった。沙奈が笑い、律哉も口の端を上げる。昔もこうして、上屋敷家の使用人である幸代が作った食事を一緒に食べたっけ。

「おいしい！　椋本さん、お料理上手ですね」

沙奈は口に食べ物を頬張ったまま目を丸くした。

「そうか？　料理ってほどのもんじゃないけどな」

「でもこの目玉焼きの味付けなんて」

「市販の塩コショウだが？」

「ベーコンの味も」

「スーパーの特売品だ」

「えっと、じゃ、じゃあこのトーストが高級品とか……！」

「それは――」

ついに律哉は顔を覆った。口の中のものを噴き出さないよう、くっくっと笑いをかみ殺す。

「このあいだお前がコンビニで買ってきたパンだろう？」

沙奈は目をぱちくりして口の中のものを咀嚼した。ごくんとのみ込むとともに苦笑いを浮かべる。

「私、味音痴みたいですね」

「そんなことないだろう？　あんなうまい飯ばかり――」

そこまで言って、律哉は慌てて口をつぐんだ。まずい。今、幸代が作った食事のことが口を突いて出るところだった。

しかし、次から次へと料理をぱくついている沙奈には聞こえなかったようだ。

「どうしました？」

きょとんとして彼女が尋ねる。律哉はグラスの水を一気にあおり、トーストをかじった。

「いや、なんでもない。……ところで大丈夫なのか？　その……身体のほうは」

「元気ですよ？」

「痛みは？」

うーん、と沙奈は箸を口に入れたまま唸った。

「ちょっとだけ腰が痛い……かな」

「まあ、あれだけヤればな」

沙奈は律哉の顔を鋭く一瞥して、また食事に手をつけた。耳どころか首筋まで真っ赤だ。少し怒っているかもしれない。

「もう……そんな言い方しないでください」

「初心だな。まあそんなところがかわいいんだけど」

「かわ……!!」

沙奈が大きな目を丸くする。律哉は沙奈のうなじに手を掛け、息がかかるほど顔を近づけた。

「昨日、本当に気持ちよかったか？」

「は、はい……」

「ちゃんとイけた……よな？」

すっかり自信をなくして最後は囁き声になった。女は達したのかどうかわかりづらいし、演技をするというではないか。

沙奈が箸を持った手の甲で律哉の肩を押した。

「もうこの話は終わりですよ」

「そうだな。遅刻したら大変だ」

「あっ、いけない！」

時計を目にした途端に急いでトーストを頬張る横顔に、律哉は目を細めた。

たまたま相性がよかったのか、彼女が特別感じやすいのか。いずれにしても、シミュレーションを散々積んでおいてよかった……

食事が終わり後片付けをしようとすると、沙奈は急いで立ち上がった。

「私もやります」

「助かる」

食器をバケツリレーの要領でキッチンまで運び、律哉が洗ったものを沙奈がすすぐ。ふたりかがりだとあっという間だ。

「もし今度料理を作る機会があったら、私がやりますから」

沙奈がタオルで手を拭きながら得意げに言う。しかし律哉は懐疑的だ。正真正銘のお嬢様である沙奈に食事など作れるのだろうか。沙奈がいたずらっぽく上目遣いに覗き込んできた。

「あ……その目。もしかして、私が料理できないと思ってます？」

(ヤバ……かわいい)

「まあな」

にやりと笑うと、沙奈は鼻で笑ってふっくらとした胸を反らす。

「私、こう見えても時々料理をしてるんです。うちの家政婦さん、すっごく料理が上手なんですよ」

「わかったわかった」

律哉は苦笑いを浮かべてカウンターキッチンの中から時計を覗く。家を出るまであと三十分近くある。

「よし、じゃあ今日のところはコーヒーいれてくれ。得意だろう？」

「そうだ！　この前ドリップバッグコーヒーも買っておいたんでした」

沙奈は急いで手を拭き、床に置いてあったコンビニ袋を探った。こうしてしゃがむと背中が子供みたいに小さい。

「お湯沸かしておくな」

「お願いします」

電気ケトルに水を入れ、カウンターの上の電源プレートにセットする。

「椋本さんはどこで料理を覚えたんですか？」

ドリップバッグを開けながら、沙奈が鈴のような声で尋ねる。律哉はちょうどふたつしかないマグカップを食器棚から取り出し、調理台に置いた。

「ひとり暮らしをすると自然と覚えるようになるだろ」

「へえ。ひとり暮らし長いんですか？」

ちら、と沙奈を見る。昨日からカマをかけるような質問が多い。

「もうすぐ十年だ」

「十年も……！　ご実家はどちらなんですか？」

きらきらと目を輝かせている沙奈を、律哉はぎろりと睨んだ。電気ケトルの中身がぼこぼこと音を立てたのち、スイッチが切れた。

「極道に興味もつなって言ったろ？　ほら。お湯が沸いたぞ」

「はーい」

沙奈は無邪気に返して、カウンターの上にある電気ケトルに手を伸ばす。彼女の髪が揺れ、いつも律哉が使っているシャンプーと同じ匂いがふわりと香った。彼女からこの匂いがしていることにしみじみと感じ入る。

沙奈はケトルを自分の前に置き、正面を向いたきり動かなくなった。まるで時間が止まったみたいだ。

「何をしてるんだ？」

律哉が尋ねると、彼女は一瞬だけこちらを見てまた前を向いた。身を屈めて視線を同じくすると、ちょうど壁掛け時計が目に入る。

「今、お湯を冷ましているところです。椋本さんはカフェラテが好きですよね。ということは、濃くてマイルドなコーヒーが好きですか？」

「いや、あれはあれで好きだけど、今は苦めのコーヒーが飲みたい。いれ方が違うのか？」

「お湯の温度が高いと苦みが強くなります。普通は九十度から八十五度のあいだくらいでいれるんですけど……そろそろいいかな」

沙奈はマグカップの底を持ち、ゆっくりと回しながら少しずつ湯を注いでいく。

形が気に入ってノズルの細いケトルを買ったが、そういえばテレビＣＭか何かで、こんな形のポットでコーヒーをいれているのを見たことがある。

「ここから三十秒ほど蒸らしますね」

ポットを調理台に置いて沙奈は時計に目を向けた。

少し湯を注いだだけなのに、もう香ばしい匂いが漂っている。律哉は腕を組み、推理する探偵みたいに顎に指を当てた。

「ドリップバッグコーヒーって買ったことなかったけど、案外簡単そうだな」

「そうですね。時間がない時でもサッといれられますし。ドリップバッグコーヒーって日本発祥なんですよ」

「そうなのか？」

目を丸くすると、沙奈がにこりと唇を上げて頷く。

「道具もいらないし、いれ終わったら捨てるだけですから、忙しい日本人にぴったりですよね」

「手軽でいいな。俺も今度買ってみよう」

それから何度かに分けて湯を注ぎ、深い秋の色をしたコーヒーができあがった。リビングに移動して、先ほどと同じくソファに隣同士で座る。

「うん……うまい」

ひと口啜って律哉は眉を上げた。確かに苦みが強いぶん、酸味はあまり感じない。何がいいかというと一番は香りだ。コンビニで売っていたコーヒーだから大した値段ではないのだろうが、優雅な気持ちになれる。

　隣で沙奈がほーっと息をつく。

「おいしいですね。あー、何か甘いものでも買っておくんだったな」

「朝から甘いものを食べるのか」

「朝だろうが昼だろうが、食後には甘いものを食べたくなりません？」

「そうかな」

　律哉はカップを置き、キッチンへ戻った。戸棚の中を漁《あさ》ってみるが、家では甘いものを食べないためろくなものがない。別の戸棚を開けると、缶詰の置き場に組事務所でもらったチェリーの缶詰を見つけた。コーヒーとは合わなそうだが仕方がない。

「これならあったんだが」

「わあ、懐かしい」

　チェリーの缶詰をテーブルに置くと沙奈はころころと笑った。

　そういえば昔、上屋敷組に入退院を繰り返している高齢の組員がいて、見舞いにもらう缶詰をおやつにとよくくれた。

　律哉が缶のプルトップを開けると、沙奈が律哉を見て目をしばたたいた。

「開けなくてもいいのに」

「なんだ。ま、もう開けてしまったからには食《く》わないとな」

「ありがとうございます。私、チェリー好きですよ」

(知ってるけどな)

缶詰の中でもチェリーの缶は小さくてレアだったため、沙奈とふたりで争って食べたものだ。それでも、最後にひとつ残った時は必ず譲ってくれた。

『りっくんはお兄ちゃんだからね。いっぱい食べていいんだよ』

そう言って、沙奈は小さな指で摘まんだチェリーを律哉の口の中に放り込もうとする。その顔があまりに悲しそうで、いつも笑ってしまうのだ。

(やば……思い出してしまった)

喉元まで込み上げた笑いを押し戻そうと、急いでチェリーを口に入れる。

久しぶりに食べるそれは懐かしくてちょっと酸っぱい味がした。コーヒーのあとだからだろうか。

沙奈が突然食べ終わったヘタを口の中に入れたため、律哉は眉を寄せた。

「私、このヘタを口の中で結べるんですよ」

「は?」

律哉は当惑して沙奈を見つめた。彼女は明後日のほうに目を向け、かわいらしいピンク色の唇をもごもごと動かしている。

律哉はごくりと唾をのんだ。本当に口の中でチェリーのヘタを結んでいるのだろうか。

しばらくして彼女が口を開けた時、きれいに並んだ上下の歯のあいだに何かが挟まっていた。確かにチェリーのヘタは結ばれている。ものの十五秒ほどだ。

「すげえ」

「でしょ？」

沙奈は得意げに顔をほころばせた。しかし律哉は笑えなかった。照れとは無縁の無邪気な笑顔を見ていると、とてつもない不安に襲われる。

「お前、ほかの男の前でもそれやってみせてるんじゃねえだろうな」

「ほかの？　……どうだったかなぁ」

なんの気もなさそうに首を傾げる沙奈の顔を見ていたら、なぜか急に股間が滾《たぎ》った。律哉は鼻を膨らませて、沙奈の腕を掴んだ。

「もうやるなよ」

「どうしてですか？」

きょとんとして瞬きを繰り返す彼女を思い切り睨みつける。

「どうしてもだ」

4

初めて律哉と身体を重ねてから三日後の朝、沙奈はＫＡＤＯＵＲＡＫＵの裏口に横づけされた車の中にいた。

ここ数日は毎日律哉の車で送り迎えをされている。沙奈を狙っている連中は人の目があろうがなかろうが、明るかろうが暗かろうが構わず襲ってくる凶悪な男たちらしく、彼と相談してそう決めたのだ。

律哉の愛車であるこの黒塗りのＳＵＶは、防弾ドアに防弾ガラスと、明らかに違反とわかる濃いスモークフィルムが貼られている。外からは車内の様子がほとんど見えない。にもかかわらず後部座席に乗せられているのだから、過保護にもほどがあるだろう。

ダッシュボードのデジタル時計は午前七時五十分を示している。そろそろ店に向かう時間だ。

「じゃあ行ってきますね」

「ちょっと待て」

バッグを手にした沙奈がドアノブに手を掛けたところ、律哉が運転席で声を上げた。

彼はシートベルトを外し、座席のあいだから顔を出した。手招きされて顔を近づけると、ちゅっと軽いキスをされる。それだけでは飽き足らなかったのか、さらに角度を変えつつ何度か甘く奪われた。

「気をつけろよ。大抵近くにいるから、何かあったらすぐに呼べ」

沙奈の頬に手を当て、じっと見つめる律哉に深く頷いた。窓の外では、勤務先や駅へ向かう人たちが難しい顔をして歩いている。彼らから車内の様子が見えないとはいえ、恥ずかしくて顔から火が出そうだ。

きょろきょろと周りを見回して車を飛び出し、裏口までダッシュした。ドアの中に入って振り返り、真っ黒で何も見えない車内に向かって小さく頷く。

「おはよう。沙奈ちゃん」

「ひっ」

ポンと後ろから肩を叩かれて飛び上がった。声を掛けてきたのは門倉で、逆に彼がびっくりしている。

「どうしたの？　誰か外にいた？」

彼が背後から覗こうとするので慌ててドアを閉めた。楓ならまだしも、門倉に知られるのはちょっとばつが悪い。

「えっと、かわいい猫がいて」

「ああ～、あのハチワレの子でしょ？　かンわいいよねぇ」

門倉の柔和な目元にさらに皺が寄った。彼は大の猫好きなのだ。

「沙奈ちゃんも好き？　あ、そう。今度、ハチワレちゃんにおやつ持ってくるから一緒にあげようね」

ほとんどひとりで会話を終えた彼は、鼻歌を歌いながら仕事に戻った。

沙奈はホッと胸をなでおろし、箒《ほうき》を手に表の掃き掃除に向かう。ただでさえ律哉との仲を怪しまれているのに、朝から車で送ってもらったと知られたら、冷やかされるどころか心配されそうだ。

「さむっ」

正面のドアから出た途端、冷たい空気が首筋を撫でた。もう十二月も下旬だ。行き交う人々も大半はコートを着ており、沙奈もまくっていたカーディガンの袖を下ろす。

店の正面には白いモールやオーナメントでクリスマスの飾り付けがされていた。先週、客の少ない平日の昼間に皆でつけたものだ。

店の脇から脚立を持ってきて、軒下で裏返しになっているジンジャーマンを表にした。さらに、看板に掛かっている電飾の位置をずらして脚立を下り、遠くから眺めてひとり頷く。

白い木製のプランター台に載っているポインセチアは、沙奈が持ってきたものだ。鉢の向きを整え、その下段にある咲き終わったパンジーの花びらを丁寧に摘まむ。雑草は冬でも生える。引き抜いた小さな芽を塵取《ちりと》りに落とし、穴が開いたところを指でちょいちょいと埋める。

どれも沙奈が日課のように続けていることだ。このあと箒で店の前を掃き、花の水やりをして歩道にも水を撒《ま》く。

掃き掃除に入ると、自然と律哉のことが思い出された。というより、彼と離れている時はほぼ一日中考えている。

アスファルトの上を掃きながら、沙奈は深く息を吐いた。クリスマスの飾り付けをしたのが先週の金曜日。その時には、律哉とこんなことになるとは思ってもみなかったのに。

彼が怪我をした晩は生きた心地がしなかった。強がっていたけれど相当痛かったはずだ。現場仕事で骨折をした強面の組員が、痛い痛いと大騒ぎしていたことを覚えている。

律哉は今でも時々顔をしかめるけれど、ベッドの中ではそんな様子を微塵《みじん》も見せない。怪我をした翌日に初めて結ばれてからというもの、沙奈は毎晩気を失う寸前まで彼に愛されている。

……そう。あれ以来、沙奈はずっと律哉のマンションにいるのだ。

『沙奈、もっと声出せよ』

『いい子だ』

『沙奈……、沙奈……ッ』

(ひゃ……)

ベッドの中の色っぽい律哉を思い出してしまい、口元を腕で隠した。

吐息まじりに沙奈の名を囁く時の、甘い響きが大好きだ。きっと無意識に違いない。そこに愛が込められていたらどんなにか幸せだろう……

唇を噛んで掃き掃除をしていると、ポケットの中でスマホが震えた。メッセージだ。取り出したスマホの画面には、『シゲさん』のアイコンが光っている。

〈昨晩、税理士の小川先生が見えました。資産のことで相談があるとのことでしたが、不在を伝えてこちらから連絡すると言ってあります。お嬢の都合を聞かせてもらえれば〉

少し考えたのち、沙奈は画面を素早くタップした。

［明日の夜には帰ります。明後日は仕事が休みだから私が支店長に連絡しますね］

罪悪感とともに画面を閉じる。シゲルはこうして毎日一度は必ず連絡をよこす。昨日は店の外まで着替えを持ってきてくれたけれど、彼が何も言わないので却って気まずかった。

（お父さんが生きてたらこんなことにはなってないだろうなあ）

シゲルと幸代に心配をかけてでも律哉といたいというのは、沙奈自身のエゴだ。それでも、一度燃え上がった思いはもう止められそうになかった。


「それじゃあマスター、お先にあがりますね。明日も早番ですのでよろしくお願いします」

「お疲れさん。気をつけて帰ってね」

夕方五時になり、シフトの上での定時を迎えた沙奈はエプロンを外して裏口から外へ出た。

「はーっ、お疲れ様ぁー」

自分に言って伸びをする。

空を見上げると、さっきまで紫色にたなびいていた雲がすっかり闇にのみ込まれていた。ここ最近はどんどん日が短くなって、帰りはコートがないと寒いくらいだ。

ビルの敷地から一歩足を踏み出し、周りをきょろきょろと見回す。律哉はまだ来ていない。今朝彼は、用事があって少し遅れるかもしれないと話していた。危ないから店内で待っていろと言われたものの、うまい言い訳が見つからなかったため時間通りに出てきてしまったのだ。

裏口のドアにもたれ、スマホを厚地のコートのポケットから取り出した。そして、すぐさま表示されたメッセージのアイコンにため息をつく。

送り主は刑事の二ノ宮だ。彼はたびたび店にやってくるだけでなく、メッセージも毎日のように送ってくる。

はじめは真面目に応じていた沙奈だったが、最近はすっかり億劫になってしまった。既読すらつけないこともあるのに、『諦めませんから』という言葉通りへこたれてくれない。

一時間ほど前に届いたメッセージになんと返そうかと考えていると、近くに足音が聞こえた。律哉が来たのかと思い、パッと顔を輝かせて振り返る。しかし、やってきたのは二ノ宮だ。緩めた頬がすぐにこわばった。

「沙奈さん、こんばんは。今お帰りですか？」

「は、はい……こんばんは」

日焼けした顔に満面の笑みを浮かべる二ノ宮から、無意識に後ずさりした。彼はいつもちょっとだけ距離が近すぎる。一緒にいるところを律哉に見られたくない。

「二ノ宮さんはお仕事ですか？　スーツですものね」

「ええ、これからコンビニでパンでも買って資料整理をするところです。本当は帰ってもいいんですが、今夜は呼び出しがありそうなので」

「そうですか。お仕事頑張ってくださいね」

沙奈はにっこりと笑って二ノ宮から視線を外す。

ここで会話は終わりのはずだった。しかし二ノ宮が動こうとしない。沙奈は待ち合わせがあってこの場から動けないため、互いに無言のまま立ち尽くす。

二ノ宮が怪訝な顔つきで小首を傾げた。

「帰らないんですか？　それとも駅まで送りましょうか」

「いえ、私は――」

その時、二ノ宮の肩越しに律哉が歩いてくるのが見えた。今朝と同じところに車を停めるのかと思いきや、離れたところに停めてきたようだ。

沙奈の視線に気づいたのか、二ノ宮が後ろを振り返った。まずい。このふたりが会うとろくなことがないのだ。

少し離れたところで律哉が足を止め、二ノ宮と睨みあった。彼の表情は凶悪で、素顔を知っている沙奈でさえ震え上がる。

二ノ宮がフッと笑みを洩らした。

「誰かと思えば。これから夜の街にでも繰り出すんですか？　それともシノギ？」

「いや、そうじゃない。彼女に何か用か？」

律哉が沙奈を顎でしゃくると、二ノ宮が視線だけこちらに向けた。彼も律哉に負けず劣らず悪い顔をしていて、どちらがヤクザかわからない。やはり彼も暴対課の刑事なのだ。

「ちょっと聞きたいことがあってね」

そう言ってこちらを向く二ノ宮の顔を、沙奈は用心深く見つめる。さっきまではそんなことおくびにも出さなかったのに。またあの話だろうか。

「十二月十七日の午後十時頃に、ここで交通事故があったのを知っていますか？」

にこりともせずに尋ねられ、沙奈は律哉のほうを見ないようにして唾をのんだ。

まったく同じことを事故の二日後にも聞かれた。その時は『知らない』と答えて事なきを得たが、また同じことを尋ねるのはどんな理由なのか。

知っていると言えば当然被害者について聞かれるだろう。律哉はそれを望まない。暴力団に対する締めつけが厳しくなってからというもの、警察は重箱の隅をつつくようにあの手この手で彼らを追い詰めているのだ。被害者の立場だからといって安心できない。

「いいえ」

沙奈が首を横に振ると、二ノ宮が一歩近づいてきた。

「あの晩沙奈さんは遅番で、十時頃に店を出たはずだとマスターから伺っているんですが、それは？」

「あ、あの日は最後のお客さんが早くに帰られたんです。ラストオーダーが九時半なので、それ以降は私の裁量でお店を閉めていいことになっていて、少し早く店を出ました」

「それは何分くらいでしたか？」

「え……と、九時……四十分くらい？」

二ノ宮が胸に深く息を吸い込んだため、沙奈はびくりとした。いくら律哉がそばにいるといっても、小柄な沙奈にとって彼は大きすぎる。

「九時半に客がいないことを確認して、火の始末と店の戸締りをしてから着替えて外に出た、ということでしょうか」

「は、はい」

「マスターから伺ったところによると、店を閉めたあとに店内の掃除があるそうですが？」

アスファルトをにじる音がした。

「おい、しつこいぞ」

二ノ宮の肩の上から律哉が険しい顔を覗かせる。大柄な二ノ宮よりも、彼のほうが少しだけ背が高い。二ノ宮は振り返らずに顔を横に向けた。

「これが仕事なんですから仕方ないでしょう。かばいだてするとあなたにもあらぬ疑いが掛けられますよ」

「てめえ……！」

「だめっ」

沙奈は素早く飛び出し、怒りに震える律哉を押さえつけた。ここで手を出したら負けだ。たとえ交通違反だろうが路上喫煙だろうが、警察は彼らを連行するきっかけを虎視眈々《こしたんたん》と狙っている。

二ノ宮は、ふーっと息を吐きネクタイを緩めた。

「まったく……沙奈さんもいい加減こんな男と付き合うのはやめなさい。あなたの価値と品位を落とす」

「はあ？」

沙奈は律哉の腕を掴んだまま顔だけ二ノ宮のほうへ向けた。まるで、沙奈が自分の所有物であるかのような言い草だ。虫けらみたいに律哉を見下す顔に、怒りがふつふつと込み上げてくる。

振り返った沙奈は、鋭く彼を睨みつけた。

「私が誰と付き合おうと勝手じゃないですか。あなたに四の五の言われる筋合いなんてありませんから！　行きましょう！」

啖呵《たんか》を切った直後、沙奈は律哉の手を取り素早く踵を返した。

ぽつりぽつりと街灯が灯《とも》る裏通りは、家路を急ぐサラリーマンと黒猫が歩いているだけだった。

沙奈は前を向いたまま、律哉の手を引いてずんずんと歩いていく。途中で彼が怪我人であることを思い出したが、頭がカッカして歩調を緩められない。

沙奈に怒りをぶつけられた瞬間、二ノ宮はびっくりしたような顔をしていた。それはそうだろう。これまでは相手が客だと思っていたから、しつこく食事に誘われても、メッセージが送られてきても、当たり障りなく応じてきたのだ。

でも、それも今日で終わり。カフェの客が減るのは門倉に申し訳ないけれど、ここらが潮時だったのかもしれない。どんなに断られてもへこたれない彼を、いつかは『切る』必要があった。彼は自分で、この無意味なやりとりを終わらせるきっかけを作ったのだ。

律哉が沙奈の隣に並んだ。

「いいのか？　あんなこと言って」

「あんなことって？」

「親父さん、お前がひとりになった時に困らないように組を解散したんだろう？　せっかく日の当たる道を用意してくれたってのに、わざわざサツを敵に回すようなことして」

沙奈の心拍数が一気に跳ね上がった。ブレーキを掛けたかのように足を止め、なんの気もなさそうな顔で見下ろす律哉を信じられない思いで見つめる。

さっきまで彼は、今にも二ノ宮に殴り掛かりそうにしていた。『こんな男』と見下されもしたのに、今はもう二ノ宮の肩を持つようなことを言うなんて。

沙奈は律哉に、二ノ宮から交際を迫られていることを話していなかった。でも、知らなくても二ノ宮の態度でなんとなくわかってもいいはずだ。取られても構わないのだろうか？

（もう、ベッドではあんなに激しく求めてくるくせに！）

困惑した様子の律哉の手を思い切り振りほどく。

『どうして自分から正体を明かしてくれないの？』

『これまでどうしていたの？』

『どうして守ってくれるの？』

『どうして私を抱いたの？』

溜《た》まりに溜まった疑問やわだかまりが一気に噴き出しそうだった。みんなみんなぶちまけて、すべてクリアにしてしまいたい。大好きだから、彼を理解できないのが心の底から悔しかった。

「あなたまでそんなこと言わないでよ！　だいたい、あなたがはっきりと――」

目に涙を溜めて言いかけたその時、スマホから着信音が流れた。沙奈はフーフーと息をつきながら、律哉に視線を留めたままポケットを探る。

暗闇の中、煌々《こうこう》と光るのは幸代からの着信だった。シゲルならともかく、幸代が電話をよこすのは珍しい。まさか、シゲルの身に何かあったのだろうか。

少し息を整えてから画面をタップする。

「沙奈です。どうしたんですか？」

返事がない。スマホの向こうからは、泣き叫ぶような奇妙な声だけが聞こえる。

「もしもし、幸代さん⁉　いったいどうし――」

――ああ、お嬢さん！　たっ、大変なんです！　い、今、母屋から、ひっ、ひっ、火の手が――

――もしもし？　お嬢ですか？

電話口にシゲルが出て、沙奈は少しホッとした。……いや、ホッとしている場合ではない。さっき幸代が不穏なことを口にしていたではないか。

「シゲさん、何かあったの？　まさか火事じゃないでしょうね？」

――そのまさかです。数分前に母屋から火の手が上がりまして、今消防を待ってるところです。

沙奈は短く息を吸い込み胸を押さえた。神妙な面持ちで見つめる律哉の顔が視界に入るが、手を上げて説明を待ってもらう。

胸に当てた手を握り締め、唇を湿らせてから言葉を継ぐ。

「それで、ふたりは無事なの？　誰も怪我してない？」

――ふたりとも無傷です。今、近所にいる昔の若い衆を集めて消火活動に当たっているところです。何人かで水を撒いてますが、火の勢いがすごくて埒《らち》があきません。

シゲルと幸代のふたりが無事とわかって、沙奈は海よりも深いため息をついた。

「わかりました。とりあえず急いで向かうから、絶対に母屋に近づいたりしないでね」

沙奈は電話を切ったが、すぐには口が利けなかった。律哉は不安そうに眉を寄せつつも、急《せ》かさずに待っていてくれるのがありがたい。

しばらくして、律哉は何も聞かずに沙奈の腕を取って歩き出した。沙奈がとても口を利ける状態じゃなかったからだ。

沙奈は自力では歩けないほど震え、ぽろぽろと涙を零していた。電話を切った途端に事の重大さが洪水のように押し寄せたのだ。

広い屋敷の食堂は、いつも若い衆で溢れかえり賑《にぎ》やかだった。広い続き間では時折強面の男たちを集めて会合が行われ、その時ばかりは沙奈も入れない。

父の指定席だった広縁はいつもぴかぴかに磨かれていた。

律哉とかくれんぼをした納戸。こっそりと忍び込んだ父の書斎。

総ヒノキ造りの風呂で、父の刺青をどうにかして消そうと石鹸《せっけん》の泡を小さな手で塗りたくった。すると、いつも難しい顔をしている父が大きな口を開けて笑うのだ。

あの屋敷には、幼い頃から積み上げてきた大切な思い出が詰まっている。それが、今こうしているあいだにも熱い炎に巻かれて苦しんでいる。

「ど、どうしよう、い、いい、家が」

沙奈はよろよろと歩きながら律哉にすがりついた。涙と鼻水でぐちゃぐちゃなのに、すぐさま律哉の大きな腕がしっかりと抱きしめる。

「わかった。わかったからもう何も言うな」

「う、う……う」

「お前の家に向かおう。飛ばせば五分で着く」

沙奈はしゃくりあげながら、彼の胸の中でこくこくと頷いた。その直後、ひょいと子供みたいに担ぎ上げられる。

律哉の肩に顎を乗せて体重を預けると、気持ちが少し楽になった。彼の胸は広くてあたたかく、遠い昔父に抱かれた時のことを思い出す。

無言のまましばらく歩いてコインパーキングについた。

「立てるか？」

「はい」

だいぶ落ち着きを取り戻した沙奈は、アスファルトに下ろされ自ら後部座席に乗った。バッグから取り出したハンカチで頬を拭っていると、清算を済ませた律哉がすぐに運転席に乗り込む。

「飛ばすぞ。掴まってろ」

エンジンがかかった途端、車は唸りを上げて発進した。後ろに引っ張られそうになるところ、助手席のシートにしがみついて耐える。

律哉のＳＵＶは信号のない裏道ばかりをくねくねと走り抜けた。彼とバックミラー越しによく目が合うのは、追手を気にしているからだろう。こんなところで警察に停められては堪らない。

途中、何台もの消防車が行き過ぎるたびに、心臓を握りつぶされる思いがした。おそらく沙奈の自宅に向かっているのだろう。周りは住宅街だし、相当な数の消防車が出動しているはずだ。

家から二ブロック離れた通りまで来ると急に進まなくなった。家の方角にオレンジ色に照らされた夜空が見える。そこだけ昼間みたいに明るくて、もうもうと巻き上がる黒煙が月を隠している。

車が進まないため、かなり離れた場所にあるコインパーキングに車を停めた。律哉に手を引かれて走っていくと、屋敷の前の通りはすでに消防車がひしめいている。

「ったく、なんだこの野次馬《やじうま》は！」

律哉が悪態をつく通り、自宅周辺は物々しい雰囲気に包まれていた。十重二十重に取り巻く野次馬をかき分けて進む。ようやく数寄屋門にたどり着いた瞬間、沙奈はあっと声を上げた。

四角く切り取られた視界の向こうで、見慣れた壮麗な日本家屋が赤々と燃えている。

落ち着いた砂色の壁も、重厚な日本瓦も、太い柱も。父のお気に入りだった広縁さえも、赤やオレンジ色の炎に包まれている。

「あ……ああ……」

沙奈は力なく律哉の腕にすがった。つい数日前に出勤する際は厳かにそこに鎮座していた家が、思い出が、なすすべもなく崩れ去ろうとしている。

「――奈、……沙奈！　沙奈!!」

身体を激しく揺さぶられ、沙奈はハッと息をのんだ。律哉は鬼の形相だ。いつの間にか涙を零していたらしく、荒々しく頬を拭われる。

「しっかりしろ！　お前がこの家の当主だろうが」

「当……主？」

ショックが大きすぎて頭がうまく回らない。律哉は沙奈と同じ視線になるまで身を屈め、炎を宿した双眸を細める。

「そうだ。お前はもう上屋敷家のお嬢様じゃない。この家の当主なんだよ。早く指示を出してくれ。俺にできることはあるか？」

その瞬間、視界が急にはっきりした。彼が言うように、この家の後継者は自分ひとりしかいない。だったら、被害をできるだけ抑えるにはどうしたらいいか考えなければ。

沙奈は律哉の腕を掴んだ。

「シゲさんと幸代さんを探して！　近くにいるはずだから！」

「了解」

律哉は挑戦的とも取れる笑みを残し、数寄屋門の中へ飛び込んだ。沙奈もその後に続く。

この時間、普段は照明で照らされている庭は暗闇に包まれていた。停電しているのだろうか。皮肉なことに今まさに猛威を振るっている炎のせいで母屋の近くだけは明るい。

門を跨《また》いだ消防のホースが何本も奥へと続いているが、放水はまだのようだ。消防隊が数寄屋門をくぐってやってきて、直後に塀の外から投光器の明かりが庭を照らした。

「おい、入ってきちゃだめだ！　下がって！」

銀色の防火服を着た消防隊員が沙奈に気づき、声を荒らげた。

「この家の者です。使用人がいるはずなんですが――」

「お嬢！」

母屋のほうから律哉に連れられたシゲルが走ってきた。いつもピシッと決めているオールバックは乱れ、あちこちを向いている。沙奈は泣き出したい気持ちで駆け寄った。

「シゲさん！　よかった無事で。幸代さんは？」

「蘭《らん》を移動するとかで温室に向かった」

答えたのは律哉だ。沙奈は無意識に胸の前で両手を握り合わせた。

「どうしてそんなこと」

シゲルが渋い顔で乱れた髪を押さえる。

「それが、旦那さんが大事にしてたからどうしても、って言うんです。消防隊の迷惑になるからやめろと言ったんですが聞かなくて」

「そう……命より大事な物なんてないのに」

とはいえ、温室は母屋からだいぶ離れた場所にあるため火が回ることはないだろう。幸代は普段おっとりしているのに、生真面目で責任感が強いあまりに時々暴走することがある。

先ほどから消防車が続々と応援にやってきており、消防隊員たちが目の前を行ったり来たりしていた。そのうちのひとりに声を掛けられ、一同はそちらを向いた。

「建物の中に残っている人はいませんか？　離れや敷地内のほかの建物には？」

「母屋にも離れにも誰もおりません」

シゲルが答えた。

「通報したのはあなたですか?」

はい、と返したシゲルがいくつか質問に答える。この家のことについては彼のほうが詳しい気もするが、沙奈も上屋敷家の当主として一緒に話を聞いていた。

(あれ……?)

気がつくと律哉がいない。どれだけあたりを見回しても、黒いスーツを着た長身の男の姿はどこにもなかった。

「お嬢、どうしました?」

消防隊員と話し終えたシゲルが沙奈の顔を覗き込む。

「……あ、ううん。私、幸代さんを探しに温室に行ってきます」

「それなら私も一緒に。ひとりだと危険です」

深い皺の刻まれた目元を鋭く光らせるシゲルとともに、沙奈は炎で揺らめく敷地の奥に向かった。

＊

(くそっ、もうここまで火が回ってるのか)

今は無残な姿になりつつある建物の外周を走りながら、律哉は中に入れそうな窓をひとつひとつ探していた。

母屋は広大な敷地の一番奥まった場所に、真南を向いて建っている。盛んに燃えているのは池を望む西側で、現在炎は母屋中央にある玄関とのちょうど中間あたりまで来ている。西側には大広間と複数の客間、それと客用のトイレがあったはずだ。

沙奈が話していた通り、解散した上屋敷組の元組員たちが加勢に集まっていた。知っている顔もちらほらとある。

彼らは庭木に水をやるためのホースで盛んに水を撒いているが、さすがに勢いが足りない。せめて少しでも延焼を食い止められれば、と祈るところだ。

律哉がひとり様子を見に来たのにはわけがあった。建物の西側が盛んに燃えていることから、火事の原因が放火によるものではないかと思ったからだ。

シゲルは母屋ではタバコを吸わないし、主人である沙奈が数日家を空けていたのだから、来客のタバコの不始末ということもないだろう。広間には仏壇があるが、最後に線香をあげたのは今朝だと幸代が言っていた。さらに、この建物は数年前に大掛かりなリフォームをし、その時に電気配線もひと通り入れ替えているため、漏電の線も考えにくいのだ。

(まさかあいつらが……)

いわゆる火事場泥棒――沙奈をつけ狙っていた奴らが、彼女を利用するのは無理だとわかって強硬手段に出たのかもしれない。

律哉は暗闇に紛れながら、燃えている西側から一番離れている勝手口へ回った。ドアノブを回した途端、なんの抵抗もなくドアが開く。

さっきシゲルが消防隊員に話していたことには、火の手が上がった時間は母屋には誰もいなかったという。シゲルと幸代はもう離れにいて、建物には立ち入っていないそうだ。

この鍵はいつ、誰が開けたのか。悪い想像が当たっていれば、もうすでに金を持ち出されたあと——という可能性もある。

上屋敷家の金庫は食堂の奥の居間にあった。狙われるとしたらそこだ。

音を立てないよう床に上がり、足を忍ばせて食堂を奥へと進む。昔はテーブルも椅子もたくさんあったのに、今は寂しいものだ。幸代は几帳面な性格で、テーブルや食器棚の配置は変わっているものの、あの頃と同じで床に何かが置いてあることはない。

手探りで食堂の中央まで行った律哉は、しゃがんで床を手で撫でた。あった。収納庫の把手を引いて手を突っ込み、ずしりと重い紙袋を取り出す。

紙袋の中には拳銃があった。一緒に入っていたサプレッサーを取りつけてウエストに突っ込み、ふたたび立ち上がる。

ガラスのはめられた引き戸を静かに開けて廊下に足を下ろした。目の前にある居間の襖《ふすま》は開いている。

「何チンタラやっとんのや、アホンダラァ！」

突然怒号が響き、律哉は素早く襖の横の壁に背中を沿わせた。続いて、何かがぶつかるような重い音が二度響く。

「すっ、すんません、アニキ。番号が変わってるとは思わなくて——ひっ」

また鈍い音がして、律哉はますます息を凝らした。威勢のいい関西弁の男が、下の者を殴るか蹴るかしているのだろう。

「御託はええから早よせえ！　ワシらまで焼け死んでまうやろが！」

「兄さん、もうちょっと静かにしてください。音が聞こえんじゃないですか」

「あ？　……ニシよぉ、おめえも殴られてえのか。おお？」

「いえ、それはちっと……勘弁してくださいよ」

律哉は静かにため息を洩らした。上の者に逆らえば容赦なく手足が飛んでくるこの世界に心底うんざりする。律哉も組に入りたての頃はよく殴られたものだ。

会話の内容からして奴らは金庫を開けようとしているのだろう。しかし、開く可能性は万にひとつもない。金庫のダイヤル番号なんて定期的に変えているはずだし、大金庫は何重にもセキュリティが働いているとシゲルが話していた。

声からするに、威張り散らしている関西弁の男は、律哉が追っていた上屋敷組の元組員だ。ほかにふたりの男の声がするが、仲間が三人だけとは限らない。

この世界に足を突っ込んでから三年、人を殺《あや》めたことはないが喧嘩には自信がある。しかし、あまり人数が多くては太刀打ちできないだろう。

飛び込むタイミングを計っていたところ、居間の奥のほうから何かが崩れるような音が轟《とどろ》いた。外から男たちの怒号や悲鳴が聞こえてくる。西側がついに焼け落ちたのかもしれない。

「お、おい、やばいんちゃうか？」

「兄さんがあんなに灯油まくからっスよ！　金なんていいから早く逃げましょう！」

「黙れこのアホ！　取るもん取らんで逃げられるかい！」

「それじゃこの小さい金庫だけでも持ってずらかりましょう」

居間から男たちが飛び出してきた。律哉はすぐには飛び掛からずに中腰の体勢でやり過ごす。やはり三人だ。素早く近づき、一番最後に出てきた太った男の背中に飛び蹴りを食らわす。

ギャッとおかしな声がして男が吹っ飛んだ。男の巨体は前方にいたふたりの男を将棋倒しにし、先頭の男が持っていた金庫が床に叩きつけられた。

「何しとんねん！」

「それ持ってかれたら困るんだよ」

「あ……？　なんやおどれは」

律哉の声に最初に反応したのはリーダーの男だ。外からうっすらと差し込む明かりに目を凝らせば、眉毛のほとんどない痩せぎすの男だった。

「お前は上屋敷組の下っ端だった男だな。それから、お前とお前はその下っ端の舎弟だったやつらだ」

律哉はリーダーの男、その手前に立っているパンチパーマの男、律哉の目の前にいる太った男の顔をひとりひとり指差した。

「ワレ、何もんや！　下っ端下っ端と、いてまうぞコラァ」

リーダーの男が噛みつくが、実際に飛び掛かってきたのは手前の太った男だ。律哉は素早く横にすっ飛び、迫りくる男の巨体をひらりとかわした。そして、テーブルに立てかけてあった椅子をぐるんと振り回す。

「ぐあっ」

声を上げたのは太った男ではなくパンチパーマの男だ。男はテーブルに突っ伏したもののすぐに起き上がった。その顔面目掛けて、ぶんぶんと椅子を振り回す。

人はやみくもな攻撃にはまず頭部を守る。がら空きになった股間に蹴りを入れると、男は悲鳴を上げてうずくまった。靴を履いたままだから相当痛いはずだ。

ちらりと振り返ってみたが、先ほどの太った男は勝手に廊下で伸びている。攻撃を空振りした拍子にどこかに頭をぶつけたのだろうか。

リーダーの男が、ちらちらと金庫を見ながらドスを取り出した。切っ先が震えているが、逃げずにそこにいるだけでもたいしたものだ。

律哉は怯まずに前へ進んだ。すると男が後ずさりする。男との距離を二メートルほど残して立ち止まった。

「チャカを持たせてもらえねえってことは、まだ下っ端やってるんだな」

「やかましいわ！　さっきからなんやコラ！」

男は律哉のことがわからないらしい。それはそうだろう。昔のアルバムを見ても自分とは思えないくらいに変わったし、沙奈だって気づいていないのだから。

「うお――ッ」

男が雄叫《おたけ》びとともに板張りの床を蹴った。男の腰のあたりから繰り出されたドスを律哉は素早くかわし、右側から頭部にハイキックを浴びせる。しかし、男はドスを持っていないほうの腕でガードした。さらに、律哉の鼠径部目がけてドスを突き出す。

律哉は右足を下ろすと同時に、男の右手を軸足で蹴り上げた。男の手から離れたドスが、くるくると錐揉《きりも》みしてふたりのあいだの床に突き刺さった。

「へえ……三下かと思ったら意外にやるな。さっさと取れよ」

律哉はにやりと口の端を上げた。

実際はもう戦っている暇などなさそうだ。食堂にはいよいよきな臭いにおいが漂い、うっすらと煙が充満している。

「ちっ」

男が口を歪めてドスに飛びついた。しかしそれはハッタリで、途中で金庫のほうへ軌道をずらす。けれどそこは律哉が一瞬速かった。男の手が金庫に届くかどうかといったところで、男の顔を下から思い切り蹴り上げる。哀れ男は鼻血を噴き出しながら仰け反った。律哉はスーツの下から拳銃を取り出すと、顔面を血だらけにして転がる男の眉間に突きつける。

「はい、お前の負けな」

「ひ……やめ……殺さんといてくれ」

両手を頭上に掲げた男は、ぶるぶると震えながら失禁した。

無事リーダーの男は倒れ、金庫もここにある。戦いはこれで終わりのはずだった。……が、次の瞬間、男の傍らにある金庫のダイヤル部分に、黒くうごめくものが映り込むのを律哉は見逃さなかった。

素早く両手を床についた律哉は、片方の脚を思い切り後ろに蹴り上げる。

「ふがっ!」

背後から迫っていたパンチパーマの男が、手にしていた椅子もろとも後ろに吹き飛んだ。その先には、失神から覚めたらしい太った男がいる。

ガシャーンというものすごい音とともに、ふたり一緒にガラスの引き戸に突っ込んだ。太った男は起き上がったばかりでまた寝る羽目になったようだ。

「あっぶねえ」

律哉は立ち上がり、床に転がる男たちを見た。逃げないよう縄で縛りたいところだが、あいにく縄がどこにあるのかわからない。ひとまず外へ、と勝手口のドアノブに手を掛けたところ、ドアが向こうから開いた。

「リツ！　こんなところにいたのか！」

ドアの外に立っていたのはシゲルだ。相変わらずぼさぼさの髪のまま、律哉の姿を見て目を丸くしている。後ろに上屋敷組の元組員たちも何人かいるらしく、律哉はニッと口を横に広げた。

「シゲさん、ちょうどいいところに来てくれた。悪いんだけどこいつら外に運ぶの手伝ってくれないか？　ここで焼け死なれたらもったいねえから」

「わかった。そんなことより、お嬢は一緒じゃねえのか？」

「沙奈が？　ここにはいないけど」

律哉が答えた途端、シゲルの表情が一変した。そのおかげで重大な何かが起きていることが瞬時に伝わる。律哉は外に飛び出し、シゲルに掴みかかった。

「沙奈の姿が見えないんだな？　いつから？　どうして？」

「ちょっ……落ち着けって！　気がついたらいなくなってたんだ。ただ、少し前に旦那さんの写真が全部焼けちまうのをお嬢は気にしていた」

「写真？　まさか家の中に取りに行ったってのか？」

シゲルが今にも泣き出しそうな顔でかぶりを振る。

「わからねえ。とにかくどこを探してもいないし、電話にも出ない。もう十分は経ってる」

律哉は自分の胸が張り裂けそうになる音を聞いた。もう火はすぐそこまで来ている。いや、火事で怖いのは火よりも煙だ。もしも沙奈を永遠に失いでもしたら――

「シゲさん、こいつら縛って土蔵にでも入れといてくれ！」

それだけ言い捨てると、律哉は素早く身を翻し食堂に戻った。床の上でのたうち回っている男たちを、ひらり、ひらりと飛び越える。その時、周りの景色に一瞬違和感を覚えたものの、沙奈のことで頭がいっぱいで深くは考えられない。

「リツ！　お嬢を頼んだぞ！」

背中に掛かるシゲルの声に振り向きもせず、返事の代わりに右手をあげて奥へと向かった。さっきより確実に濃度を増している煙をものともせずに。

＊

かつては居間に置かれていた仏壇を大広間に移したのは沙奈の考えだった。そこは父お気に入りの場所だった広縁のある部屋で、障子を開ければ日本庭園が望めるからだ。

しかし、仏壇を移動したことを今ほど悔やんだことはない。

位牌《いはい》はすでに灰になってしまっただろう。形見にもらった万年筆や筆、父が書いた書も。父は名のある展覧会で受賞するほどの書道の名人だった。

母屋の西側を焼き尽くした炎は、広い玄関のすぐ脇まで迫っていた。すでに放水は始まっている。元組員たちも消防隊員の制止を聞かずにホースで水を撒いているが、炎の勢いが強すぎて焼け石に水といった感じだ。

沙奈はやきもきしながら建物に近づいた。だいぶ離れたところからでも焼けそうなほどの熱を感じる。

悔しい。そして苦しい。泣きはらした目にまた水の膜が掛かり、むごたらしい光景をぼやけさせる。思い出の詰まった家が斃れていく様を見守るしかできないなんて、神様は無慈悲だ。

その時、轟音《ごうおん》とともに建物の西側が崩れ落ち、辺りが騒然とした。沙奈は震える手で口を押さえ、まるでショベルカーでそこだけ削り取られたかのような、元は広間があった場所に目を向ける。

怒涛《どとう》の如く注がれる水の向こうに、辛うじて形だけ残った仏壇が見えた。あの様子ではやはり位牌は燃えてしまったのだろう。それに、遺影だって……

黒縁の額の中で笑う父の笑顔を思い出した瞬間、沙奈は心臓をえぐられるような気持ちになった。家がすべて燃えてしまったら、父の写真はひとつも残らない。

父の命が残り僅かだと知ってからというもの、沙奈はできるだけ父の写真を撮った。

池の鯉に餌をやっている横顔。広縁でうたた寝をする姿。食事をしているところ……スマホの中だけでなく、クラウド上にも保存してある。

けれど、もともと写真を撮られるのが好きではなかった父のまともな写真など、そうは撮れなかった。

唯一、珍しく満面の笑みを撮れたのが、父の病気が発覚した直後の沙奈が成人式を迎えた時の写真。その頃はまだ食欲もあり、頬にふっくらと張りがあった。

娘の成長を喜ぶ父の面はゆそうな笑顔。そんな最高の一枚を撮れたのが、自分と一緒に写った写真だったことに誇らしさを感じたものだ。

その写真は木目のフォトフレームに入れられ、沙奈の部屋の棚の上に飾られていた。毎朝『行ってきます』『ただいま』と声を掛け、花も飾っていた。

なのに……

いつも厳《いか》めしい顔をしていた父の、笑った顔を忘れてしまうのが怖い。日々積み重なっていく膨大な記憶の海の中、いつしか泡のごとく消えてしまいそうな気がするのだ。

気がつけば地面を蹴っていた。建物の東側にある沙奈の部屋なら、まだ間に合うかもしれない。

建物の南に面している掃き出し窓に駆け寄ると、ガラス窓が細かく振動していた。以前は古い木製の雨戸があったが、警備会社のセキュリティが入っているため、去年リフォームをした際に雨戸をなくしたのだ。

コートで顔を覆い、庭に転がっていた石を思い切り投げつける。何度目かで窓は割れた。窓枠に登り、割れた箇所から手を突っ込んで内鍵を開ける。

部屋に入った瞬間、木が焼ける臭いが鼻をついた。うっすらと煙も充満しているようだ。

沙奈はできるだけ姿勢を低くして奥へと急いだ。沙奈の部屋はこの部屋を出て廊下を曲がった右側にある。

ぱちぱちと木が爆《は》ぜる音。さらに放水の音と外にいる男たちの怒号が恐ろしくて、マラソンでもしているかのように胸が苦しい。

だから、自分の部屋に飛び込んだ瞬間少しホッとした。すぐに目的の棚へと走る。電気は予想通りつかなかったが、どこに何があるかは手に取るようにわかる。

写真が入ったフォトフレームを掴んだ時、はあっと安堵の息をついた。しかし、振り返ったところ何かにぶつかり、思わず凍り付く。

目の前には見知らぬパンチパーマの男がいた。男はどこかで喧嘩でもしてきたのか、目元を赤く腫れあがらせ、鼻と口から血を流している。

「あ……あ……」

沙奈は床に尻もちをつき、浅く短い息をしつつ後ろへにじり下がった。今この家の敷地には、ヤクザ風の見た目の男がたくさんいる。けれど、この男は上屋敷組の元組員ではないと思う。それとも、沙奈が覚えていないだけだろうか。

「か、ね……金、よこせ……」

男がふらふらと近づいてきた。言葉が不明瞭なのは怪我のせいだろう。

ただの物取りならばさっさと金を渡してしまいたい。しかし、恐怖のため身体から力が抜け、正常な思考ができない。

男がこちらに倒れ込んできて、沙奈はとっさに身を翻した。その拍子に肩を椅子に打ちつけたがすぐに起き上がる。

(誰か助けて！)

助けを呼びたかったが声なんて出なかった。

沙奈は写真を抱え、四《よ》つん這《ば》いでドアへ向かった。当の父だって娘が命を散らすことを望まないはずだ。とにかくこの男から逃げなければ。

なんとかドアまでたどり着いた時、廊下の奥のほうでドンと音がした。煙が一気に押し寄せ、反射的に顔を床に伏せる。わずか数メートル先では赤い舌が壁を這っており、いよいよパニックに陥った。

「おい」

足首をがしりと掴まれて、沙奈はか細い悲鳴を上げた。振り向いたところ、恐ろしい形相をした男の顔がすぐ後ろに迫っている。

「や……め……っ」

沙奈は必死に床を掻きむしった。けれど、手負いとはいえ大人の男の力に敵《かな》うはずもない。前からは炎、後ろから強盗に迫られてはどうすることもできない。

（助けて、りっくん！）

その時――

どこかから男の声がしてハッとした。聞きなれたその声は、『沙奈』と叫んでいるように聞こえる。

沙奈はコートの袖に口を押しつけて息を吸い、思い切り叫んだ。

「助けて――！　りっくん！」

すると、燃え盛る廊下の奥からバキバキとものすごい音が聞こえてきた。

「沙奈――ッ！」

「りっくん！」

黒煙と炎をかいくぐって現れたのは顔じゅう煤《すす》だらけにした律哉だ。

律哉の顔を見た途端、沙奈の視界は水に潜ったように歪んだ。もう安心だ。彼が来てくれたからにはきっと助かる。

ところが、律哉が走ってくる目の前で突然天井が崩れた。一瞬にして炎と煙が舞い上がる。部屋の入り口まで煙が津波のように押し寄せ、沙奈だけでなく後ろにいる男まで激しく咳《せ》き込《こ》んだ。

（もうだめ……苦しい）

崩れた天井には炎が竜のごとく這い回り、まるで灼熱《しゃくねつ》地獄だった。咳は止まらず、そこに涙と鼻水も加わって呼吸もままならない。死を覚悟した沙奈の髪を男が思い切り掴んだ。

「う……痛い……！　放……して」

「金を、よこせ」

「まだ……そんなこと——」

パン！　パン！　と突然何かが弾けるような音が響いた。引っ張られていた髪がフッと軽くなり、男が呻く。

律哉のほうを向いた沙奈は、彼が手にしているものを見て目を丸くした。拳銃だ。さっき響いた音はピストルで男を打った音だったのだ。

「沙奈！」

目の前に律哉が現れた瞬間、沙奈の心臓は弾けそうになった。離れていた時間はわずかなのに、やっと、やっと会えた気がする。

きつく抱きしめる律哉のスーツに、沙奈は頬をこすりつけた。

「怖かった、怖かったよぉ～……」

「この馬鹿野郎が！　なんで来たんだよ」

沙奈はわんわんと泣いた。全身の震えが止まらない。今にも過呼吸を起こしそうなほど苦しいのに、咳ばかりが出る。

「とにかく話はあとだ。さっさとここを離れるぞ」

律哉は室内にあった椅子を振りかざし、カーテン越しに窓ガラスを叩《たた》き割《わ》った。ベッドに飛び乗りカーテンを引くと、外は大勢の人が右往左往しているのが目に入る。シゲルと幸代もいる。幸代は泣いているようだ。

律哉は沙奈の布団をベッドから引きはがし、次々と窓の外に投げた。

「沙奈、ここから飛べるか？」

「うん」

もう怖いだのなんだのと言っていられない。窓は腰の高さで地面までは沙奈の背丈より遠い。それでも、どこかを打ったとしても焼け死ぬよりだいぶましだ。

父の写真を胸に抱き、沙奈は庭に向かって飛んだ。着地の際に少し足を捻ったけれど、靴を履いていたおかげでたいしたことはない。

急いで布団を下りると、その上に律哉に放り投げられたパンチパーマの男が、どすんと落ちてきた。最後に律哉が飛び下りて男の腕を掴む。

「急げ、沙奈！」

男を抱えるようにして走り出した律哉に続き、沙奈も急いで母屋から離れた。

その直後、窓から爆風とともに炎の柱が勢いよく噴き出した。沙奈は後ろを振り返って恐怖を新たにする。もうもうとした煙の向こうに赤々と踊る炎が見えたのだ。

母屋からだいぶ離れた場所まで逃げて、沙奈は力なくへたり込んだ。心臓はバクバクと音を立て、溺れているみたいに呼吸が苦しい。

律哉は沙奈の隣に大の字に寝ころび、肩で息をした。

「あぶねえ……マジで死ぬかと思った」

彼は汗だくで服のあちこちが破れている。顔も手も傷だらけだ。

込み上げる愛しさに耐えきれず、沙奈は彼の手を握った。今すぐに抱きついてキスしてしまいたい。律哉の的確な判断がなければきっと死んでいただろう。

「大丈夫ですか⁉」

消防隊員が走ってやってきた。シゲルと幸代、元組員たちまでやってきてあっという間に人だかりができる。パンチパーマの男は元組員によって取り押さえられている。

「お嬢……！　まったくあんたって人は」

しゃがみ込んだシゲルは皺だらけの顔をくしゃりと歪めた。すっかり涙目だ。いや、もうすでに泣いたあとかもしれない。

沙奈はシゲルの肩をそっと抱きしめた。

「ごめんなさい、シゲさん。どうしてもお父さんの写真を残したくて」

鼻を啜るシゲルの隣で幸代がさめざめと泣いている。

「うっ、うっ、私はもうてっきりお嬢さんは死んでしまったのかと」

「馬鹿野郎、滅多《めった》なこと言うもんじゃねえよ」

「まあまあ、シゲさん」

沙奈は普段は温厚なシゲルの肩を叩く。

「ふたりとも、本当に心配をお掛けしました。私はほら、ピンピンしてるから」

努めて明るく言いながらも、沙奈もぽろぽろと涙を零す。

沙奈と律哉は煙を吸ったため、念のため救急車で病院へ向かうことになった。その手配が行われているあいだ、律哉はシゲルと何やら陰でこそこそと話している。

沙奈が幸代に差し出された水を飲んでいると、門のほうから見知った顔が走ってくる。二ノ宮だ。彼は闇のなかでもわかるほど険しい表情をしている。

「沙奈さん！」

息を切らしてやってきた二ノ宮が、沙奈の目の前で立ち止まり両手を膝についた。

「二ノ宮さん。来てくださったんですね」

沙奈の言葉に、身体を起こした彼は少しだけ表情を緩めた。

「所轄の警察から一報をもらってびっくりしました。……ああ、よかった無事で。怪我はありませんか？」

「私は大丈夫です。でも、家が」

沙奈は悲痛な思いで視線を母屋に向けた。母屋の周りでは、大勢の消防隊員による懸命な消火活動が続いている。しかし、すべて焼け落ちるのは時間の問題だろう。建物の西側では消し炭になった骨組みが白い煙をもうもうと吐いている。

「沙奈」

呼ばれて右を向くと、いつの間にか律哉がそばに来ていた。彼の目は二ノ宮を捉えている。律哉が沙奈の腰を抱くと、二ノ宮が唇を歪めて鼻を鳴らした。

「火事の原因はわかったんですか？」

「まだ何もわかっていません。特に火元となりそうなものはなかったみたいですけど」

「なるほどねえ」

そう言って二ノ宮は、律哉の手が回された沙奈の腰をちらりと見る。その言い方に棘《とげ》があったため沙奈は警戒した。先ほども店の裏口で彼に対して啖呵を切ったのに、どうしてまた来たのだろう。特に何をするでもないところを見ると、ここへは捜査の一環で来たわけではなさそうだ。

「あなたはどうしてここにいるんですか？」

二ノ宮が眉を顰《ひそ》めて律哉に尋ねる。

沙奈は自分の腰にある律哉の手を強く握った。

「彼が助けてくれたんです。命がけで」

「ふうん……沙奈さんのヒーローになるために？」

腰を掴む律哉の手に力が込められ、沙奈は無言で彼の腹部を肘でつついた。

二ノ宮の皮肉は止まらない。

「お父様は大事なひとり娘のあなたには見せまいとしていたかもしれませんが、この手の人間はなんでもやるんですよ。自分で仕掛けた罠《わな》に掛かったウサギを助けておいて、あとでコッソリ笑ってるんです。いずれ倍の大きさにして食うためにね」

ふーふーと呼吸を荒くしていた律哉が、ついに一歩足を踏み出した。

「沙奈はいろんなものを失って、今やっとここに立ってるんだ。それが血の通ってる人間の言うことか⁉」

「りっくん！」

掴みかかりそうな勢いの彼を、沙奈は必死で抑えた。遠くで見守っていたシゲルや強面の元組員たちが、何事かと駆け寄ってくる。

「まあ、出火原因なんて調べればすぐにわかることですよ。消防の検証が済んだら所轄署から人が来ますから。何が出るか楽しみで仕方ありません。あなたがブタ箱に入ってるあいだに彼女は私のものになる」

「おい！」

飛び出しかける律哉を、沙奈だけでなくシゲルや屈強な男たちまでが押さえた。しかし、二ノ宮に掴みかかりたいのは沙奈も同じだ。

律哉は決死の覚悟で助けにきてくれたのだ。炎と強盗に挟み撃ちにされるという凄《すさ》まじい状況のなか、危険を顧みずに。あばらにひびが入っているにもかかわらず。

あれだけのことがあったのに沙奈がほとんど無傷でいられたのは、彼の強い肉体や精神、冷静な判断力によるものにほかならない。それなのに、あの状況を見てもいない二ノ宮が律哉に難癖をつけ、あろうことか彼が放火したかのように煽るのは、怒りを通り越して呆れる。

「二ノ宮さん、さっきから何を勝手に――」

怒りに任せて思い切り息を吸い込んだ拍子に、沙奈は激しく咳き込んだ。

「沙奈」

止まらない咳に苦しくてしゃがんだところ、隣に寄り添った律哉が心配そうに顔を覗き込む。

「大丈夫か？　もうすぐ救急車来るから」

「へ、平気……大丈夫、だから」

じり、と庭に敷かれた砂利をにじる音がした。

「ほら、こんな男と付き合ってるから、そういう目に遭うんですよ」

涙目になりつつ顔を上げると、灰色に染まった空の下で二ノ宮が見下ろしている。

その意地悪く歪んだ唇に、胸の奥で何かがブチッと切れた。沙奈は律哉にすがり、やっとのことで立ち上がる。

「いい加減にしてください」

「沙奈さん……？」

怒りで震える沙奈を、二ノ宮が怯んだような目で見る。困惑して後ずさりする二ノ宮。沙奈はさらに一歩近づく。

「こんな男とか言わないでよ……この人は……この人は、私の夫になる人なんだから――っ!!」

「え――っ⁉」

その瞬間、二ノ宮だけでなく、周りを取り囲んでいた全員が驚愕の声を上げた。もちろん律哉も。

そんな中、たったひとり高らかに笑い声をあげたのはシゲルだ。

シゲルの哄笑《こうしょう》につられるものはなく、誰ひとりとして言葉を発せず顔を見合わせていた。その異様な雰囲気を、到着した救急車のサイレンがつんざく。母屋からは、ようやく鎮火したことを示す白い煙がもうもうと上がっていた。

5

一台の救急車で運ばれた沙奈と律哉は、明け方近くになってやっと律哉のマンションに帰ってきた。

ふたりとも煙を吸っていたため、病院では胸のエックス線撮影と血液検査をした。結果はどちらも異常なし。まだ少し喉が痛むものの、大事に至らなくてよかった。

マンションへ向かう前に一度沙奈の自宅に戻り、消防と警察から簡単な聴取を受けた。土蔵に捕らえてあったヤクザふたりとパンチパーマの男は、シゲルと元組員たちでこっそりと近野医師のクリニックへ運んで診てもらったようだ。

数寄屋門と建物の周りは規制線が張られ、真夜中でも物々しい雰囲気が漂っていた。けれど、家の者であっても母屋に入れないのは逆によかった。明日の実況見分ではどうあっても惨状を目にしなければならないが、疲れ切っている今はショックが大きすぎる。

洗面脱衣所から出てきた沙奈は、律哉に借りたシャツの裾を引っ張りながらおずおずと寝室に入った。

ベッドには先にシャワーを済ませた律哉が寝ころんでいる。沙奈の姿を認めると横にずれ、「ん」とベッドを手で叩く。

幾度も身体を重ねたのに恥ずかしくて堪らない。再会してから、初めてきちんと沙奈と律哉として向き合うのだ。最初に何を話せばいいのだろう。

布団をめくるとあたたかな空気に乗って律哉の匂いがした。差し出された腕枕に頭を乗せたはいいが、ふたりとも無言だ。先に沈黙を破ったのは律哉だった。

「いつから気づいてた？　その……俺が律哉だってことに」

「え……と、最初から」

「マジかよ」

律哉は腕枕をしていないほうの手で顔を覆い、黙ってしまった。バレていないと思っていたことが逆に驚きだ。鋭い目元も精悍《せいかん》な口元も、あの日のままなのに。

「だって、りっくん全然変わってないもん」

「そうか？　子供の頃の面影ないってよく言われるんだけどな」

「そりゃあ、もっとかっこよくなったからね」

ンンッ、と律哉が咳払いをする。

「お、お前も……きれいになったよ」

「本当に？　嬉しい……！」

パッと横を向くと、彼は瞬時に顔を背けた。耳どころか太い首まで真っ赤だ。沙奈は自分まで恥ずかしくなり布団を口元まで引き上げる。でも、照れた律哉が愛おしくて堪らなくなった。

「ねえ……キスしてもいい？」

「お、おう」

唸り声とも返事ともつかぬ低い声が聞こえた瞬間、沙奈は布団を思い切り引き上げた。頭まですっぽりと覆われ、飛び出した足先がスースーする。

最初に唇に触れたのはひげでざらついた頬だった。鼻先で頬を撫で、彼の唇を求めて自身の唇をさまよわせる。すると、焦れたのか律哉が覆いかぶさってきた。沙奈の唇はすぐに捕えられ、甘く、淫らに貪られる。

彼は何も身に着けていなかった。なまめかしい素肌の感触に太腿を撫でられ、沙奈の腰をぞくりと震えが襲う。

「あっつ……」

しばらくのち、唇を離した律哉が布団の外に顔を出した。沙奈も堪らず顔を出す。頬が燃えるように熱いのは、布団に潜ってキスをしていたせいだけではないだろう。

「恥ずかし……」

沙奈が両手で頬を包むと、律哉がその上に手を重ねる。空が白んできた。色っぽい笑みを浮かべる幼なじみの顔が近すぎて、ますます居たたまれない。

「もっとすごいこと何度もしてるのに」

「りっくんだって耳赤いよ」

「これはあれだ、お前につられて……共感性羞恥ってやつ？」

沙奈は噴き出した。律哉もにやりとし、額をくっつけたまま笑いあう。しかし、それも長くは続かなかった。彼には聞きたいことが山ほどあるのだ。

「りっくん」

「ん？」

「どうして偽名なんか教えたの？」

律哉の顔から完全に笑顔が消えた。また仰向《あおむ》けになって明るんできた天井を見つめる彼の顔を、沙奈は静かに見守る。やがて、律哉が苦々しい表情で絞り出した。

「名乗れるかよ……お前があんなに嫌ってたヤクザになったのに」

沙奈は上半身を起こし、律哉の腕を揺さぶった。

「お願い、全部話して。りっくんのことなんでも知りたいの。だって……ずっと探してたんだよ。会いたくて、会いたくて……でも、シゲさんも連絡の取りようがないって……寂しかったんだから」

懇願するうちに涙が滲んできた。律哉が手を伸ばして沙奈の頭を引き寄せる。沙奈は彼の逞しい胸に濡れた頬をこすりつけた。

「ごめんな、寂しい思いをさせて。俺も正直いろいろあり過ぎて、何から話したらいいのか……」

すん、と鼻を啜《すす》り上げて沙奈が尋ねる。

「『椋本柊斗』って名前は……？」

「それは極道としての名前だよ。この世界じゃ偽名を使うことなんてよくあるだろう？」

「うん……」

律哉が大きなため息をついた。

「『絶対にヤクザにはならない』ってお前と約束した以上、本当の名前なんて言えなかった。それにこれは父の遺言でもあったんだ」

「遺言があったの？」

「いや、実は親父の死に目に会えたんだよ。その時に泣いて頼まれた」

沙奈はまた滲んできた涙をこらえようとして、顔をくしゃくしゃにした。

「よかったぁ……りっくん、お父さんの最期に会えたんだね」

「泣くほどか？」

「だって、会えなかったんだってずっと思ってたから……あの時はりっくんもまだ小さかったのに、急にお父さんがいなくなっちゃって悲しかったよね」

律哉は美しい切れ長の目を細め、くすっと笑った。

「ありがとうな。お前のそういうとこ大好きだよ」

ぽんぽんと優しく頭を叩かれる。

「死に目に会えなかったとお前に言ったのは、それを話すと絶対に泣かずにはいられないと思ったからだ。好きな女に涙を見られるなんて恥ずかしいだろう？」

沙奈は頷いたものの、あまりに好き好き言われて他が頭に入ってこない。

「お母さんの実家があるの、博多でしょう？」

「ああ。それからも何度か引っ越して、お袋は今は友達のスナックを手伝ってる」

「そう。お母さん、元気なんだね。よかった」

沙奈が笑みを浮かべると、律哉もにこやかに頷く。

「高校の費用は沙奈の親父さんが出してくれたんだ。知ってたか？」

「えっ？　初めて聞いた」

「やっぱりそうか。俺も高三の時に、親父さんからたびたび送金があったことをお袋から聞いて初めて知ったんだ。大学まで学費を出すって言ってくれたらしいけど進学はしなかった。『もう忘れたい』って零してたお袋の気持ちを考えると、俺のわがままを通すほどのことには思えなくてさ。俺も早く働いて楽させたかったし」

「そうだったんだ」

うん、と律哉が天井を見たまま返す。

「沙奈の親父さんはいい人だったよな。今どきいないような義侠心《ぎきょうしん》溢れる人だった」

沙奈は頷いて、律哉の胸のタトゥーに目を落とした。

シゲルから聞いた話では、中学時代の律哉は都内でもトップクラスの高校を狙える成績だったらしい。本来であれば輝かしい未来が待ち受けていただろう彼の人生が、父親を抗争で亡くしたことで奪われてしまったのでは、と父は悔やんでいたようなのだ。

律哉の言う通り、父親の健吾は情に厚く、組員や周りの人々の恩には必ず報いる人だった。年老いて引退した組員にはまとまった金を渡したり、困っている組員がいたら家族の面倒まで見たり。近野医師のクリニックの建設費用を援助したのもそのひとつだ。

亡くなって三年が過ぎても弔問客が訪れるのは、ひとえに父の人柄によるものだろう。

「でも、光があれば必ず影があるよな」

律哉がぽつりと口にした言葉に、沙奈は眉を顰める。

「どういうこと？」

律哉がため息をついた。

「親父さんのことをよく思わない奴らもいたって話。親父さん、病気がわかってから急いで組の整理に走っただろう？　シマを譲ったり、組員たちの受け皿になる組織を探したりして。……ただ、その急激なやり方が気に入らない組員もいたらしい。親父さんに惚《ほ》れてついてきた、って人も多かっただろうしな」

「うん……私もそれは薄々気づいてた」

「だろう？　それである時、よからぬ話を聞いたんだ。親父さんが遺した金を狙ってる奴らがいるって」

「それって――」

沙奈は言葉を失った。こちらに身体を向けた律哉が、震える沙奈の肩を抱く。

「昨日の連中はそいつらの手先だ。沙奈が見た男はひとりだろうけど、押し入ったのは三人組だった。ほかにも共謀した者がいる」

昨夜の捕物のうち、沙奈が見ていない部分を律哉はかいつまんで説明した。沙奈を襲ってきたパンチパーマの男のほかに、関西弁を話す男と太った男がいたという話。関西弁の男はかつて上屋敷組の組員だったらしいが、特徴を聞いても思い出せなかった。

「あいつは親父さんの伝手《つて》で入った組を抜けて、今は征巒会《せいらんかい》の下部組織にいる。あとのふたりは奴の舎弟だろう。前に沙奈を襲った男たちもあいつらの仲間だ」

「そうだったんだ」

うん、と律哉が頷く。

「……で、三人とも食堂で伸びてたんだが、お前が母屋に戻ったと聞いて俺も動転してたんだろうな。ひとり姿が消えていることに気づかなかった。危ない目に遭わせてごめん」

「ううん、私のほうこそごめんなさい。りっくんが来てくれなかったら死んでたかもしれない。本当にありがとう」

沙奈はギュッと律哉を抱きしめた。コルセットは外してあるから、あまり締めつけない程度に。

（そういえば……）

ふと疑問が湧いて顔を上げると、沙奈の髪にキスをしていた律哉がぱちぱちと瞬きをする。

「どうした？」

「りっくんは、うちのお金が狙われてるって誰に聞いたの？」

「あ、ああ……それは――」

それまで饒舌《じょうぜつ》に語っていた律哉が急に言いよどんだ。

「それは？」

沙奈は小首を傾げて彼を覗き込む。その強い圧に負けたのか、観念したみたいに律哉がため息を零す。

「シゲさんから聞いた」

「シゲさん？　連絡取ってたの？」

「ああ。お前のことが気に掛かってしょうがなくて……親父さんが亡くなった時も、シゲさんから連絡をもらってすぐに飛んできたんだ」

えっ、と沙奈は目を丸くした。

「りっくん、葬儀に来てくれてたの？」

「まあな。来たは来たけど、事情があって遠くから手を合わせるだけで帰った」

「そうなんだ。ありがとう。……シゲさん、りっくんと連絡取り合ってるなんてひと言も言ってなかったのに」

「口止めされてたんだよ。シゲさんも歳だから、沙奈をひとりで守る自信がなくなってきたんだろう」

沙奈は同意を示すため、深々と頷く。それで合点がいった。シゲルははじめから律哉のことに気づいていたのだ。近野クリニックで律哉の正体を尋ねてきたのは、沙奈が気づいているかどうかカマをかけたのだろう。

冷静に考えれば、『旦那さんの預かりものだ』と常々言って沙奈を大切にしてきたシゲルが、どこの馬の骨ともわからぬ男のマンションに沙奈が入り浸るのを許すはずがない。

律哉の左胸にある、鉄橋の骨組みに似たギザギザ模様を指でなぞる。悔しいけれど、このトライバルタトゥーが引き締まった浅黒い肌によく似合う。

「それで、いつ上京してきたの？」

「ちょうど三年前、沙奈の親父さんが亡くなって二か月後だ」

「ヤクザになったのは？」

沙奈が頭を乗せている律哉の胸が大きく盛り上がり、彼が深く息を吸ったのがわかった。あまり触れてほしくないのかもしれない。

「上京して少し経った頃のことだ。親父さんの遺産を狙ってる奴がいると聞いて、シゲさんにどこか紹介してくれないかと頼んだ。極東栄和組って知ってるか？」

「ううん。初めて聞いた」

「だろうな。池袋にある新興の組織で、まだできてから十年経ってないんだ。そこで若頭をやらせてもらってる」

「初めてカフェに来た時に『カシラ』って呼ばれてたから、若頭なのは知ってるよ。でも、たった三年足らずでそこまでになれるの？　もしかしてりっくん、人をこ、こっ、ころ――」

「殺してねえから」

律哉が噴き出したため、沙奈の頭がポンと跳ねた。殺人までは犯していないと知り、深く安堵の息を吐く。

「今どきのヤクザは暴力じゃ食っていけないんだ。わかるだろ？」

そう言って、右手の親指と人差し指で丸を作ってみせる律哉に沙奈は頷いた。

暴力団に対する法律や条例の締めつけが厳しくなった近頃は、ゆすりや恐喝はもちろん、みかじめ料も取りづらくなったらしい。足抜けの際にはさらっと抜けられる組織もあるという。

「じゃあ、それだけお金をいっぱい渡したってこと？」

「そういうこと。うちの社長、もうすぐ四十歳になるんだけど、チャラくてぱっと見ヤクザには見えないんだ。組員にはスーツ着用を義務付けていて、金儲《かねもう》けにしか興味がない。……ま、そのおかげで俺も若頭になれたんだが」

「まさか、詐欺とか……？　それでお金をいっぱい集めて、上に納めたの？」

律哉がこちらを見て眉を上げた。

「さっきから質問ばかりだな」

「だって、りっくんのことなんでも知りたいんだもん。だめ？」

「別にだめとは言わないけど……俺のシノギなんか聞いたっておもしろくもなんともないぞ？　債務の取り立てとか、家賃を滞納してるアパートの追い出しとか……そんなチンケな仕事ばかりだ」

と、視線を合わさずに律哉が言う。

並べられた言葉はありきたりのものばかりだ。しかしどうも歯切れが悪いし、そんな地味な仕事ばかりでヤクザの親分に重用されるほどの大金が稼げるとは思えない。

ふうん、と頷きつつも納得がいかない沙奈は、目の前にある黒一色のタトゥーを眺めた。

かつて見慣れていた和彫りとは違って、今どきの若いヤクザが好みそうなデザインだ。しかし、和風だろうが洋風だろうが、彫る時の痛みは同じはず。相当な覚悟がないとできないものだ。

律哉だって、これを彫った時は相当痛かっただろう。普通、ヤクザになる時は自ら好んでなる。金が欲しい、女にモテたい、強く見せたい、などの理由で。

けれど、彼は上京する前は普通の仕事をしていたようだし、生活が派手なわけでもない。もともとアウトローな性格だったわけでもないのに――

『どうしてわざわざヤクザになったの？』

これまで何度か尋ねて、そのたびに答えをはぐらかされてきた。

(まさか、私を守るためだけに……?)

ずっと心にあるこのもやっとした想像を、手に取って確かめなければ気が済まない。

「どうした? モンモンなんて見慣れてるだろ」

律哉が沙奈の髪を弄りながら尋ねる。沙奈は彼のあたたかな胸に顔を乗せたまま、指でタトゥーの線をなぞる。

「あなたがこれを彫った時の気持ちを考えてたの」

「かっこいいだろう? カラス彫り」

「全然かっこよくないよ。こんなに痛い思いして……!」

「そりゃ残念だ」

そのおどけた口調に沙奈は苛立ちを覚えた。

彼が大好きだから、もっと自分を大事にしてほしかった。

日の当たる道を歩いてほしかった。間違っても命を落とすようなヤクザにはなってほしくなかった。

それがたとえ、沙奈を守るためだったとしても……

律哉の胸から起き上がり、目を丸くする彼を見下ろした。頬がこわばっているのが自分でもわかる。

「りっくん、本当は今でもヤクザが嫌いなんでしょう」

「あ？」

律哉も起き上がった。眉根を強く寄せ、険しい表情をした彼は刺青のせいもあってヤクザらしく見える。沙奈は震える喉に思い切り息を吸い込んだ。

「だって、全然誇らしげじゃないもん。むしろ悲しそうな顔してる。ねえ、なんでヤクザになんかなったの？　なんでこんな、消えない烙印《らくいん》を自分から押したの？」

言っている途中から涙がこみ上げ、最後は律哉の腕を揺さぶりながらぽろぽろと涙を零した。

「沙奈」

律哉が手を伸ばし、沙奈を抱きしめようとしてくる。しかし沙奈はその手を振り払った。すると、手首を強く掴まれて、結局は大きな腕に抱きすくめられてしまう。

「沙奈、ごめん」

律哉の胸は熱くて、大きくて、膨れ上がったどす黒い感情がみるみるうちに流れ出していく。

沙奈はわんわんと泣いた。愛情、感謝、悲しみ、同情、怒り、後悔——彼に対するいろいろな思いが、涙となって堰を切って溢れるようだった。

律哉の大きな手が優しく背中をさする。

「俺がこの世界に飛び込んだのは、お前を守るために少しでも情報が欲しかったからだ。お陰で敵の行動が掴みやすかった。後悔なんか一ミリもしてない」

「だからって、わっ、わざ、わざ刺青まで……」

しゃくりあげてしまい、うまく話すことができない。抱擁を解いた律哉が沙奈の頬を両手で包み、親指で涙を拭う。そして、慈しみ深い目で沙奈を見つめた。

「最初は抵抗がなかったと言えば嘘になる。でも、地方から出てきたばかりだった俺は、不良として名が売れてるわけじゃない。ゼロからのスタートなぶん、最初は見た目で覚悟を示さなきゃならなかった。この世界を知らない、懲役も食らってない、モンモンも入ってないじゃ、『こいつはすぐに飛ぶ』と思われるのがオチだろう？」

「そんな、思いしてまで……っく、ま、守ってもらいたくなかったもん」

ついつい強がってしまい、優しい眼差しから逃れた。そんな沙奈を包み込むように、律哉が沙奈の頬に口づけをよこす。

「俺がどれだけお前を大切に思ってきたかわからないだろうな。お前のためなら命を差し出したって惜しくないんだよ」

「りっくん……」

沙奈は濡れた頬を拭い、彼のあたたかな眼差しを見つめた。それから彼の胸を彩る黒い彫り物に視線を移す。

彼は決死の思いでこの世界に飛び込み、いろいろな痛みに耐えてきたのだ。沙奈のために。沙奈を守るためだけに。そう思ったら、急にこの黒い線が愛おしく思えてきた。その中に隠された、右の鎖骨の下にあるケロイド状の傷痕に指先を触れる。

「この傷……りっくんが私を守ってくれた時にできたんだよね」

律哉がくすりと笑みを零す。

「そういやそうだったな。庭になってるザクロの実を、沙奈が親父さんのためにどうしても取りたいって言って、木によじ登ったんだ」

「うん……それでまんまと木から落ちちゃってね。そばで見てたりっくんが、私の下に滑り込んでくれたの」

「下に花壇のブロックがあったから、沙奈を怪我させないために必死だったんだ。あの時は大騒ぎになったよな」

ふふ、と沙奈は笑った。

「ありがとう、りっくん。いつも私を守ってくれて」

「それが俺のライフワークだから」

得意げな顔で言う律哉が面白くて、沙奈は涙が乾いた頬を突っ張らせて笑った。そういえば、幼い頃に彼が守ってくれたことは一度や二度じゃなかった。

間違って土蔵に閉じ込められた時は、たまたま出かけていた鍵を管理しているシゲルを探し回って連れてきてくれた。沙奈の体型をからかった男子たちをコテンパンに伸してくれたこともあるし、お気に入りのおもちゃを池に落としてしまい、ずぶぬれになってまで拾ってくれたこともある。

小さな沙奈の隣には、いつも律哉がいた。いつだって自分を犠牲にしてまで沙奈のことを思い、助け、自分も子供だったのに必死で守ってくれた。

思い出していたらまた涙が出てきた。彼には感謝してもしきれない。

「今日は泣き虫だな」

そういう律哉も鼻を啜っている。

「りっくんだって」

「泣いてねえよ」

ぱちぱちと目をしばたたく律哉の鼻が赤い。彼は幼い時から泣くと鼻が赤くなるのだ。

「今夜はいろいろあったから……私だめみたい」

沙奈は逞しい律哉の胸に頭をもたせ掛けた。すぐに大きな手が優しく髪を撫でる。

「俺も正直びっくりした。お前が俺のことを『自分の夫になる人だ』なんて言うから……」

「いゃあぁっ」

沙奈は、バッと律哉から離れて顔を背けた。

(そ、そうだった！　私、あの時……！)

命からがら助けられた興奮と、二ノ宮に対する怒りで混乱するあまり、とんでもないことを口走ってしまったのだった。あの直後、周りが水を打ったように静まり返った時の気まずかったこと。

沙奈はシーツを握りしめ、一生懸命言い訳を探す。

「ごっ、ごめんね、りっくん！　私あの時、いろいろとテンパってて、何も考えずにあんなこと言っちゃったの。でも、きっとりっくんにもほかに好きな人とか、恋人とかいるよね」

「沙奈」

「だって、十二年も会ってなかったんだもん。そのあいだにいろんな出会いとかあるはずだし、りっくんモテるだろうし、なのに私――」

「沙奈」

ギュッと手を握られて、沙奈はびくっと冷えた肩を震わせた。

「沙奈。顔見せて」

俯いたままの沙奈の顔を、律哉が覗き込もうとする。

「む、無理……です」

「……ったく、かわいいな。俺の天使は」

「はい？　天使とか言う？」

恥ずかしいやら寒いやらで、余計に顔なんて見せられない。

「お前のほかに惚れた女も、恋人もいたことがないよ」

「え……？」

沙奈はついに律哉のほうへ顔を向けた。こちらをじっと見つめる彼の目は深い愛情と慈しみに溢れ、ゆらゆらと揺れている。

「お前が大好きだ。子供の頃からずっと。いつもお前をどうしたら守れるかって、そればかり考えてるのに」

くっくっ、と突然律哉が笑いだした。

「ちょっとお転婆《てんば》が過ぎるけどな。あの時も……お前、ビビってるくせに食って掛かって」

「な、なんのこと？」

「久しぶりにお前と再会した時のことさ。ほら、カフェにアヤつけてきたおっさんがいたろ？」

あっと声を上げた沙奈は、律哉のほうに身体を向けて頭を下げた。

「その節は大変お世話に……」

「いえいえ、とんでもございません」

掛け合いの息がぴったりで、ふたりでくすくすと笑う。

「あの時、どうしてあんなタイミングよく助けに来られたの？」

「そりゃあ、お前をずっと見てたからな。店の外から」

沙奈は律哉の目を見つめた。

「外から？　他に男の人ふたり連れてたよね？」

「あれはうちの若衆だ。さすがにひとりじゃお前をずっと見ていられないからな」

「え……ずっと見張ってたの？」

「正確には、お前の周りを、だな。黙ってたけど、実は一度沙奈を尾行している奴を捕まえたことがある。口は割らなかったが、昨日の男の手先だろう」

「えっ」

真面目な表情をした律哉の顔に視線を向けたまま、沙奈は固まった。気をつけろ、とたびたび言われていたものの、まさか本当に危ない目に遭っていたとは夢にも思わなかったのだ。

律哉が沙奈の頬に手を当て、にやりとする。

「わかったろ？　俺はお前が好きで好きで堪らないんだよ。かわいいところ、優しいところ、思いやりがあるところとか、困ってる人がいたら黙っていられないところとか、要するに全部好きだ。お前がどう思おうが、俺にとってお前は天使なんだよ」

「りっくん……そんなこと言われたらまた泣いちゃうよ……」

沙奈は唇を震わせた。

「ほら、いつまでも泣いてたらキスできないだろう？」

律哉の指が顎に掛かり、端正な顔が近づいてきた。ちゅ、と控えめなキスが唇に落とされた瞬間に顔が熱くなり、急いで睫毛を伏せる。

「沙奈」

「な、なあに？」

おずおずと視線を上げたところ、蠱惑的《こわくてき》な眼差しと目が合ってしまい、どきんと胸が高鳴った。

……おかしい。何度も身体を重ねたのに、初めての時に戻ってしまったみたいだ。

沙奈が着ているシャツのボタンを、律哉はひとつずつ外した。シャツが肩から滑り落ち、豊かなバストがふるりと揺れる。

「お前にいっぱいキスしたい。いろんなところに」

律哉はシャツを床に放り投げると、沙奈の手を口元に運んだ。はじめに、おとぎ話に出てくるお姫様みたいに手の甲にキスが落とされる。それから指先、次に手のひら。前腕の内側、二の腕、肩。

律哉の涼やかな双眸は、こちらを捉えたまま動かない。

鎖骨にキスが落とされた時、ほ……と吐息が零れた。柔らかな唇であらゆるところに口づけされるたび、胸の中にあたたかい炎が宿っていく。

沙奈はもうしっとりと濡れていた。律哉の身体に触れたくて、男らしい顎に指を伸ばす。

ざらりとしたひげの感触。しっかりした顎のライン。喉仏。自分にはないものひとつひとつを確かめるように、沙奈は指でなぞっていく。

沙奈も変わった。今、彼の眼差しは沙奈の豊かなバストに注がれている。そこに口づけてほしい。けれど律哉は、ぷくりと尖った頂を視線で犯すだけで、触れてもくれない。

無言で尋ねると、彼はふと我に返ったように睫毛を上げた。

「お前の身体があんまりきれいなんで、つい見とれてた。女はみんなこうなのか?」

「え? そう……だと思うけど」

(初めて女の人の裸を見たように言うなあ)

きらきらと目を輝かせる律哉に、沙奈は小首を傾げる。

律哉は沙奈より四つ年上だし、『ヤクザは金と女』なのだから経験も豊富だろう。それに、こんな男気溢れるイケメン、道を歩いているだけで逆ナンパされそうだ。

そっと肩を押されて沙奈はベッドに横たわった。律哉がぴたりと横に寄り添う。触れ合う素肌の感触にドキドキと胸が鳴る。彼の眼差しは真剣だ。

「お前を初めてこの部屋に連れてきた時、あんなふうにキスして悪かった。初めてだったんだろう？」

「そんな前のこと、もういいよ」

「よくないだろう。全部最初からやり直したいんだけど……いいか？」

沙奈は勝手に笑みを作る唇を噛んだ。言っていることがかわいすぎる。

「ずるい」

「え？」

「りっくんてば、かっこよくてかわいいんだもん」

律哉は困ったように眉を寄せ、男性にしてはふっくらとした唇を歪めた。

「かわいい？　嬉しくねえな」

ふふ、と沙奈は頬を緩める。

「どんなりっくんも大好き。だって、りっくんは小さな時からずっと私のヒーローだもん」

律哉の眉がわずかに寄り、直後にはにかんだように笑みを綻ばせた。

「お前を一生大事にするから」

「もうされてる」

「ばーか、そんなんじゃねえよ。もっともっと大事にするから覚悟しとけってこと」

コホン、と律哉がわざとらしく咳払いをした。

「俺と……結婚してくれるか？　こんな、墨の入った男だけど、ヤクザだけど」

「うん……よろしくお願いします」

沙奈がそう言った途端、硬かった律哉の表情が一気に綻んだ。

「沙奈。愛してる。心から愛してる」

「りっくん……」

自然と浮かんできた涙を、沙奈は必死にのみ込んだ。

かつてないほど穏やかな笑みを湛えた律哉の顔は、沙奈にとってこの世で一番美しく見えた。男性の顔をきれいだと思うのは初めてだ。今の彼は、洗いざらしの髪も、凛《りん》とした目元も、細い鼻筋も、ふっくらした唇も、逞しい肉体も、すべてが光り輝いている。

静けさに包まれた寝室の窓から朝の光が差し込んでいた。少し冷えた空気とあたたかなベッド。ずっと思い続けてきた男の顔が目の前にある。

律哉はさっき口にした言葉の通り、優しく甘く、熱の籠った口づけをくれた。何度も、そっと、大切な宝物でも扱うみたいに唇をついばんでは、時々沙奈の顔を見て、嬉しそうに笑みを浮かべる。

その笑顔があまりに魅力的で、身体の中から彼に対する愛情が溢れてくるのを感じた。彼の愛に応えたい。愛されるだけでなく、彼を思い切り愛したい。

腰に触れた律哉の手が、するすると太腿へ向かう。そして、沙奈の足を持ち上げてつま先に口づける。

「沙奈……」

骨ばった指が足の甲をゆっくりと、焦らすようになぞった。その指が足首を通ってふくらはぎを撫で、愛おしそうに膝にキスを落とす。

沙奈は震えた。性的な感覚だけでなく心までが震えた。こんなふうに扱われたら、生涯大切にされるだろうことを今から確信できる。

「ここ最近、ずっと夢みたいだと思ってた。沙奈と本当にこんなふうになれるなんて」

脚を開かれ、ちゅ、と膝の内側を軽く吸われる。沙奈が小さく呻くと、それを境に穏やかだった律哉の眼差しに、突然欲望の炎が宿る。

「私だって同じだよ。りっくんの奥さんになるってずっと心に決めてたんだから」

「そうか。嬉しいよ」

柔らかそうな律哉の唇から舌が覗いた。膝の内側をくすぐっていたそれが、ゆっくりと脚のあわいに向けて這《は》い上がってくる。

やがて、舌が太腿の内側の際どいところに触れ、沙奈はびくりと身体を震わせた。内腿の柔らかな素肌を、ひげが伸びかかった頬が撫でる。鼻先と唇が、するすると素肌を弄ぶ。

「は……っ」

くすぐったいのと期待とで、沙奈は腰を揺らした。ショーツの中で、とくんと花びらが震える。蜜が零れる。そこを律哉の鼻先につつかれた瞬間、変な声が出てしまった。

「すげえ……もう外までぬるぬるだ」

脚のあいだで呟いた律哉が、クロッチを指でこすった。本当だ。彼の指が何の抵抗もなく滑っていることから、ショーツがぐしょ濡れなのはすぐにわかる。律哉の指がうごめくたび、きゅんきゅんと蜜洞がわななく。また新たな蜜が溢れるのを感じる。膝が勝手にぶるぶると震える。

「あ、はぁ……っ、だめ、そんなにしちゃ」

「いろんなところにキスされて感じた？」

「う、うん」

「気持ちいい？」

「気持ち……いい」

「じゃ、これは？」

官能的な眼差しで尋ねた律哉は、クロッチを指でずらして秘められた泉に舌先を這わせた。

「はぁんッ」

甘くて強い刺激が突き抜けた。じんととろけるような痺れに身体が仰け反ってしまう。

律哉はぴちゃぴちゃと音を立て、ぬかるんだ泉の入り口と花弁を丁寧に舐めた。彼が頭を動かすたび、内腿に触れる髪が揺れる。

沙奈は律哉の頭をくしゃくしゃにかき回した。彼にキスがしたい。でも、この心地よさを手放すのは惜しい。

「沙奈の顔が見たいな。ちょっといいか？」

律哉は隣に寝ころんだ。

「おいで」

両手を差し出され、沙奈は彼の身体に乗り、ぴたりと自分の身体を重ねた。下腹部に当たる硬いものが、ぴくりと反応する。

「そうじゃなくてさ……よっと」

「きゃっ」

ショーツを手早く脱がされたうえ、両脇を力強い手で持ち上げられる。次の瞬間には、沙奈は彼の顔の上に座っていた。真下を見下ろすと、自分の薄い下草の向こうに律哉の口元がある。

「ちょ、やっ……！　こんな格好！」

慌てて下りようとするが、腰をがしりと押さえられていて動けない。するといきなり、ちろりと秘所に滑らかな刺激が舞い降り、太腿が震えた。

「あ……ふっ」

「お前はそこでリラックスしてな。すぐによくしてやるから」

「む、無理ぃ……ひゃぁっ」

あたたかくぬめったものが、すーっと秘裂を舐め上げる。下から上へ、下から上へと続けざまに。

羞恥心と背徳感。それと、あまりの心地よさですぐにでも達してしまいそう。

「こっちを見ろよ」

そう言われて恐るおそる下を見た途端、ぐんと身体の奥で官能の塊がせり上がった。

ぼんやりした朝の光のなか、普段は鋭い律哉の目は半分閉じてしまいそうなほどとろけている。

頬は上気し、口元は濡れたもので光っていた。それが沙奈の零した淫靡《いんび》な蜜だと気づいた途端、また新たな蜜が零れる。

「はっ……エロすぎ……」

律哉が舌なめずりした。

「やだ、見ちゃだめ……あんっ」

無骨な手が沙奈の乳房を押し包み、その頂を弾いた。くにゅっと潰したり、指で摘まんで捻ったり。矢継ぎ早に責め立てられて、濡れそぼった秘所がズクン、ズクンと疼く。

自然と腰が揺れ、太腿がわなわなと震えた。このまま達してしまったらどうしよう。大好きな人の顔の上で？　そんなひどいこと――

けれど、快感を逃すことなんてできそうになかった。バストを激しく揉みしだかれつつ、乳首を指で捏ねられる。ぐずぐずにとろけた泉の入り口は舌でなぞられ、敏感な花芽が優しく吸い立てられる。

「ああん、は……あ、りっくんっ」

「色っぽいよ……沙奈」

「も……イちゃいそ……あ、あっ、イッちゃうっ――」

目の前に火花が飛び散り、沙奈は絶頂への階段を駆けあがった。全身を熱い血が巡る。肌が粟立《あわだ》つ。心臓が壊れそうに拍動し、膨らんだ官能の塊が弾《はじ》けとんだ。

ゆっくりと訪れた陶酔のなか、沙奈は満足そうに表情を緩める律哉の頬に指で触れる。

「あ……は、あ……気持ちいい……気持ちいいよ、りっくん」

「ああ。最高にきれいだった」

愁いを帯びた彼の目元が、なんとも艶めかしい。律哉の身体から下りた沙奈を彼が抱きしめ、そのまま優しくベッドの上を転がった。

立派な体躯《たいく》の律哉に圧し掛かられ、沙奈は満たされる思いだった。やはりこうして互いの身体がぴたりと密着すると安心する。

彼の腰に片方の脚を絡ませる。下腹部に当たる律哉の欲望が、どくんと脈打った。

「沙奈の中に入りたい」

「いいよ……来て」

上体を起こした律哉が手早く避妊具を装着した。すぐに昂ぶりの先端が蜜口に宛がわれるが、なかなか入ってこない。

彼は沙奈の身体をとっくりと眺めていた。その欲望に満ちた眼差しが、沙奈の唇、首筋、バストへと下っていき、最後に下草の中に吸い込まれる。

何度抱かれても、産まれたままの姿を見られるのは恥ずかしかった。朝の清らかな光のなかでは特にそう。

両腕と手を使って大切な場所を隠すと、律哉はくすっと笑って沙奈の手を取った。

「ここ、触ってて」

沙奈の手が運ばれていったのは、ふたりが結びつこうとしている場所だ。言われた通り、濡れそぼった蜜口の左右に人差し指と中指を当てる。

律哉が腰を押し出すと、硬く筋張ったものがゆっくりと分け入ってきた。それと同時に、蜜洞を心地よい圧迫感が押し広げていく。

「あ……あ……おっきい……っ」

太くて逞しい漲りが、沙奈の中を歓《よろこ》びで満たした。背中を弓のように反らす。ぐずぐずにとろけた蜜壺が、沙奈の身体には大きすぎるくらいの肉杭を難なく一番奥まで導いた。

「気持ちいい……沙奈のここ、あったかすぎる」

沙奈の胸に顔をうずめた律哉が、はーっと息を吐く。沙奈は唇に笑みを浮かべつつ、律哉の背中を抱きしめる。

「りっくんが入ってくると、私もすごく幸せな気持ちになれるの」

こうしてただ奥深くまで繋がっているだけでも気持ちがいい。身体だけでなく心までもが満たされる。

「動くよ」

沙奈の唇に囁いて、律哉はゆっくりと腰を引いた。身体の奥が物足りなくなり、指のあいだに蜜が零れる。そして、入り口まで引かれたものが一気に蜜洞を駆け抜けた。

「ああんッ……！」

沙奈はびくびくと震えながら、大きな嬌声を迸《ほとばし》らせた。隘路を無理やりこじ開けられるほどの存在感。ここまで濡れてなかったら破れてしまったかもしれない。

「ん……よく、締まる……っ」

鼓膜に響くかすれた声。律哉は沙奈の頭の左側に顔をうずめており、荒い吐息で耳をくすぐってくる。

胎内が続けざまに穿《うが》たれた。ぐちゅっ、ぐちゅっ、という猥雑《わいざつ》な音。蜜口に宛がった指に押し引きされる様子が伝わり、とても淫らな気持ちになる。

「沙奈、気持ちいい？」

「はん……っ、すごく……いいっ、りっくんも？」

「うん、もう出そう」

律哉は力なく笑い声を立てた。切れ長の目も、口元も、すっかりとろけている。

「だめ、一緒にイってよぉ」

沙奈は必死になって彼の腕を両手で掴んだ。

「冗談だよ。でも、お前の中が……気持ちよすぎて」

そう言いながら上体を起こした律哉の目元が赤い。逞しい腕に、沙奈の太腿が抱え込まれた。深く、もっと深く、猛々《たけだけ》しい肉杭が突き立てられる。自然と腰が浮いたところへ、矢継ぎ早の律動が始まる。

「あっ、あっ、あっ……すごい……！」

腹部を反らした体勢になったため、へその裏側のよく感じるところに昂ぶりが強く当たるようになった。

沙奈はシーツを握り締め、立て続けに喘ぎを零す。そこを連続で攻められると、途端にどうしようもない気持ちになってしまうのだ。初めての時、これを尿意と勘違いして彼を困らせたっけ。

「すげえ、中から……どんどん溢れて……ッ」

腰をグラインドさせて、蜜壺を大きく捏《こ》ね回しながら律哉が言う。悩ましく眉根を寄せる彼が色っぽい。楔《くさび》が抜き差しされるたび、恥ずかしくなるほどの水音が響く。

「気持ちいいか？」

吐息まじりに問いかけつつ、律哉が腰を押し引きする。

沙奈はこくこくと頷いた。彼はいつも、沙奈を抱いている最中に何度もこの質問をする。その気遣いを嬉しく感じていたが、同時に不思議でもあった。彼みたいにモテる人なら、女性の身体を隅々まで知り尽くしているのではないか——そう思っていたからだ。

けれど、律哉には沙奈が思っていたような相手はいなかった。あの時、律哉も初めてだったのだとしたら、こんなに嬉しいことはない。

「沙奈……好きだ」

沙奈の太腿を抱えて圧し掛かってきた律哉が、唇をつけたまま囁いた。小さな沙奈の身体はふたつに押しつぶされそうだ。硬い先端が奥の壁を優しくつついている。沙奈は律哉の頭を引き寄せ、艶のある彼の唇に吸いついた。

幾度かついばむだけのキスを繰り返したのち、律哉が舌を差し出してきた。それを自身の舌で絡め取る。

突き出された舌を彼の肉杭に見立て、沙奈は夢中でしゃぶり、吸い立てた。すると、律動がますます激しさを増す。律哉が呻き声を洩らした。

「ヤバい……マジでイキそう」

突然彼が動きを止めた。焦れた沙奈が腰をうごめかそうとすると、さらに呻いて腰を引く。そんな律哉が愛おしくて、沙奈は伸び上がってキスをした。

ふーっと律哉が息を吐き、沙奈の唇を舐めた。

「悪い子だな」

ゆっくりと律動を再開した彼は何度もキスをよこし、大きな手で沙奈の双丘を弄ぶ。彼の唇はそのまま首筋へと下り……

「は……あんっ……！」

舌で乳房の中心を弾かれ、沙奈はびくんと背中を反らした。薄桃色をした小さな突起が、律哉の口の中でころころと転《ころ》がされる。甘く噛まれる。

絶え間なく零れる蜜でぬかるんだ蜜洞は、猛々《たけだけ》しくそそり立つもので執拗に貫かれた。そこが、脈を打つように疼いている。膨れ上がった快感の塊が、もうすぐにでも弾けそう。

「りっ、く……あ、あっ」

甘く強烈な快感が言葉を奪った。沙奈は背中だけでなく顎まで反らした。身体じゅうどこもかしこも気持ちがよくて、自分の快楽だけを追うのに夢中だ。

「沙奈……すごい……気持ちいい……ッ」

律哉の息が荒い。嬉しさで胸がはち切れそうになる。

パンパンと腰を打ちつける音が響くほど、激しく律動が繰り返された。ベッドも胸もどこもかしこも揺れる。必死に律哉の腕にしがみつく。あと少しですべてが弾《はじ》け飛ぶ。

「あっ、あ……りっくん、イキそう……あ、あっ」

「俺も……っ」

胎内にある律哉のものが、一層膨らんだ気がした。それと同時に、沙奈の全身をとてつもない快感が包み込む。

「あ……あ……」

甘く、せつなく、狂おしいほどの幸福感。その瞬間、視界に映るすべてのものがバラ色に染まった。

「りっくぅん」

自分でもびっくりするくらいに甘い声が出た。少し気恥ずかしくなり、熱くなった頬で律哉に頬ずりする。

彼のざらついた頬はしっとりと濡れていた。肩も背中も同じだ。

「沙奈……沙奈」

律哉の声がくぐもっている。

「やば……俺、なんか感動しちゃった」

彼が顔をうずめている首筋が濡れている。これが汗なんかではないと気づいた瞬間、沙奈の目尻からも涙が零れた。ふたりとも、枷《かせ》を失った十二年ぶんの思いが堰を切って溢れたのだろう。律哉は苦労したぶん余計に。

「私ね、りっくんが私との過去を捨てようとしてるんだと思ってたの」

「ばかだな……そんなことあるはずがないだろう」

律哉は沙奈の髪をくしゃくしゃと撫で、頬にキスをした。鼻を啜ったりしゃくりあげたりとふたりで大忙しだ。

沙奈の身体はベッドの上を転がされ、後ろからふわりと抱きしめられた。ふたりの結びつきは解けてしまったけれど、背中に当たる彼の胸はあたたかかい。

頭上に伸びた律哉の手が新しい避妊具を掴んだ。彼の身体が離れたのはほんの数秒。片脚がもち上げられるとともに、ふたたび硬くて熱いものが入ってくる。

「は……あっ」

沙奈の小さな背中を律哉が優しく包み込んでいる。ふたりスプーンみたいにぴたりと重なって、波間に揺られているように心地いい。

くちゅ……くちゅ……とスローペースで繰り返される律動は、打ち寄せる波のごとく一定のリズムを保っている。後ろから回された手が沙奈の乳房をマッサージするかのように柔らかく揉む。律哉の大きな手をもってしても、沙奈のバストをすべて包むのは無理のようだ。

「そこ、気持ちいい……ちょうどいいところに当たって……あっ……」

沙奈が今日もっとも感じるところを昂《たかぶ》りの先端でつつかれ、きゅんきゅんと蜜洞が締まった。バストを包む骨ばった手を握る。彼は巧みだ。沙奈が気持ちいいと思うところを、いつも的確に攻めてくる。

「すげえ……締まる。気持ちいい……ッ」

吐息たっぷりに耳元で囁かれ、律哉をいだく隘路がズクンと疼く。なんて色っぽい声。いっそう強い欲望に駆られた沙奈は、ふたりが繋がった部分に指で触れてみた。

ねばついた蜜を纏《まと》った硬くて太いものが出たり入ったりしている様子が、この目で見ているかのように伝わった。どちらのものともわからない愛液が激しく捏ねられている。ますます気持ちが昂ってしまい、沙奈は自ら腰を揺らす。

それが律哉の欲望に火をつけたようだった。俄然《がぜん》、彼の腰を振るスピードは上がり、沙奈が感じるあらゆるところを猛烈に穿つ。

「ああ、沙奈……沙奈っ、かわいい……お前が……ッ」

「あ……はッ……りっくんっ……！」

もうふたりが結びつく感触を楽しんでいる余裕などなく、両手でシーツを握りしめた。そこを苛む切なさがどんどん膨らんでいく。目の前に火花が散る。

「はッ、あっ、あ、また……イッちゃう……っ」

身体の奥から快感が一気にせり上がり、沙奈は強い絶頂感にのみ込まれた。ぶるぶると全身が震える。素肌を戦慄が走る。引き締まった蜜洞が彼を離すまいと強く抱きしめた。なのに、律哉は抽送を止めない。

「あっ、りっくん……！　だめ……イッてるの……っ、今、イッてるからぁ」

懇願しても、バストを掴む手に爪を立てても、彼は動くことをやめない。

「沙奈……沙奈、俺もう……止まれない……愛してる」

身体をぶつける音がパンパンと部屋に鳴り響いた。激しく繰り返される攻めに沙奈の身体はぺしゃんこに押しつぶされ、ほとんどベッドにうつ伏せになっている。

達して狭くなった隘路を、滾りきった肉の楔が素早く駆け抜けた。背中に響く切なそうな呻き声。それでも彼は、胎内を穿つスピードを緩めない。

「キツすぎ……ッ、力抜いて」

「む、無理っ……できないよぉ……っ」

「俺も……無理だから」

沙奈の背中をぱたぱたと雫《しずく》が叩いた。入り口から最奥まで、へその裏側も襞《ひだ》の隙間も。余すところなく獰猛な快感が刻みつけられる。

律哉の手が、太腿とシーツのあいだに潜り込んだ。硬く尖った花芽に指が触れた瞬間、雷に打たれたみたいな衝撃に襲われる。

「ああっ、そこ……だめ……ッ！」

強すぎる刺激に全身がびくびくと震えた。達したばかりの花芽を指でくるくると転がされるたび、身体のあちこちが跳ねてしまう。まるでそこだけ神経が剥《む》き出しになったみたいに。

沙奈はもう何も考えられなかった。息をするのも精いっぱいで、力の入らない手でシーツを握りしめる。

「ああっ、あ……あ……！　こ、壊れちゃうぅっ……」

「沙奈、イッて……俺も、もう……ッ」

どろどろに溶けた蜜壺を、獰猛な熱杭が一心不乱に攻め立てた。熱杭はさらに、ぐんと逞しさを増す。溶け合った愛液が、脚のあいだからつうっと零れた。

「りっ、くん、また、イッちゃう……っ……！」

「俺も……イク……イクっ、沙奈……ッ」

最後に律哉が激しく突いてきて、ふたり一緒に弾けた。

どくん、どくん、と身体の奥深くで彼自身が何度も脈を打つ。背中にかかる重みが心地いい。うなじを撫でる熱い息も、彼の匂いも。

沙奈の背中に覆いかぶさったまま、律哉が沙奈の両手を握りしめた。それを沙奈が握り返す。甘く気だるい時間が心地よくて、いつまでもこうしていたいと願う。

「沙奈」

律哉が沙奈の耳たぶを優しく食んだ。

ふふ、と笑い声を零して沙奈が首をすくめる。

「なあ、現場検証って十時からだっけ？」

「そう……だね」

沙奈は欠伸《あくび》をかみ殺しながら、夢見心地で答えた。激しい嵐が去った今、浮雲に乗って空を漂っているみたいに気持ちがいいのだ。今ならすぐに眠れる。

「じゃああと二回はできるな」

「ふえっ」

また欠伸をしかけた時だったため変な声が出た。

（あと二回？　あと二回って言ったの？）

するりと抜け出ていった律哉が、横に座って沙奈の身体を仰向けにひっくり返した。

「ま、またするの？　え……？　仮眠……仮眠は？」

「眠らせてあげたいのは山々なんだが……ほら」

律哉の視線を追った先で目にしたものに、沙奈はギョッとした。避妊具を被ったままの昂りが、もう猛々しくそそり立っている。……いや、おそらく達したあとも力を失っていないのだろう。

未だあたたかな蜜を零し続ける泉を指でなぞられ、沙奈はびくりと身体を揺らした。

律哉が欲望にまみれた瞳で見つめてくる。

「さっきも言ったけど、俺、止まれないから」

唇に笑みを湛えたまま、律哉は沙奈に優しく口づけた。彼はわざと音が鳴るよう唾液を零しながらキスをしているようだ。唇を離した時ふたりのあいだに、つうっと透明な橋が架かる。

「もっと見せてくれ。沙奈の感じてるところ。お前の全部……」

沙奈の両手は、頭の上でまとめて乱れたシーツに縫い留められた。その時にはもう、新たな期待に胸弾ませている沙奈だった。

「お嬢、すんませんでした！」

翌日の昼過ぎ、上屋敷家の敷地内にある離れの居間で、沙奈は座卓を挟んでシゲルと対峙《たいじ》していた。隣には律哉、向かいのシゲルの横には幸代が座っている。

シゲルは今にも泣き出しそうな顔。割烹着《かっぽうぎ》姿の幸代はおろおろしている。律哉はというと、怒っている沙奈をなだめようというのか、終始穏やかな顔をしている。

「シゲさん、謝る前にどういうことか説明して。どうして拳銃――」

コホンと咳払いをして、座卓に身を乗り出して声を落とした。

「どうしてあんな物騒なもの家に置いておいたの？　お父さんが亡くなる前に全部処分したと思ってたのに」

どこで暮らしているかもわからない娘の代わりと思ってか、シゲルは沙奈をかわいがっていた。その沙奈に叱られてすっかりしょげかえっている。

昨夜、燃え盛る炎のなか律哉が助けに来た時に、彼が拳銃を発砲するところを沙奈は見てしまった。律哉を問いただしたところ、あれは母屋の食堂に隠してあったものだという。何かあった時のために、とシゲルが律哉にその場所を教えていたらしいのだ。

このことは幸代も知っていたに違いない。沙奈はこれでもこの家の主なのだ。知らないうちにシゲルと幸代、ひいては律哉までを警察の疑いが掛かるような危ない目に遭わせていたと知り、ショックを受けている。

「まあ、そう怒るなよ。シゲさんだって、いざという時のためにあそこに隠しておいたんだ。結果的にお前の命を守れたんだから、ヨシとしよう、な？」

律哉に優しく肩を叩かれた沙奈は、つんと唇を尖らせる。

「でも私、この中の誰かが捕まってたかもしれないと思うと黙っていられない」

「そこまで私らのことを……」

シゲルが肩を震わせる。沙奈は前のめりになって座卓に両手をついた。

「当たり前じゃない……！　シゲさんは私にとってお父さんみたいなものなんだよ？　幸代さんはお母さん。りっくんは特別な人なんだから」

「うう、お嬢……！」

「本当にすみません、お嬢さん！」

幸代までが、わっと泣き出し、沙奈は自分まで泣きたくなった。急に自分がひどいことをしている気持ちになったのだ。

「沙奈」

律哉が同情と労わりがないまぜになったような顔で沙奈の手を握る。沙奈はため息をついて正面に顔を戻した。

「シゲさん、幸代さん、私のほうこそ言い過ぎてごめんね。……そうだよね。私、みんなのおかげで生きてるんだよね。本当にありがとうございます」

沙奈は畳に三つ指をついて深々と頭を下げた。こんなことが起きたのは悲しかったが、どうにかして沙奈を守ろうとした彼らの気持ちは素直にありがたい。ただ、今後は自分が責任をもって気をつけなければならないだろう。なんといっても沙奈はこの家の主なのだ。

「お嬢、頭を上げてください。やっちゃあいけないことをしたのは事実ですから、言い訳のしようもありません」

シゲルが鼻を啜りながら言う。泣き顔なんて見せたことがないからか、居心地悪そうに俯き加減だ。

沙奈は眉を下げて頬を緩めた。

「もうそのことはいいから気にしないで。それで、あれはちゃんと処分したの？　薬莢《やっきょう》は？」

「チャカは昨日のうちにシゲさんが強盗たちに押しつけてくれた」

答えたのは律哉だ。沙奈は、あっと声を上げる。

「そういえば、あの男たちはどうしたの？　今も土蔵に？」

そこからはシゲルが話を引き継いだ。

「奴らは晩のうちに近野クリニックに連れていって、すっかり手当てしてもらいました。それから月元《つきもと》組の若頭にクリニックまで引き取りに来てもらって、今日の午後、組長にここまで来てもらうことになっています」

月元組とは、征綣会の二次団体なのだと律哉から聞いた。二次団体とはいえ、組長自ら顔を出させる手筈《てはず》をつけるとは、さすがシゲルは上屋敷組の顔役だっただけのことはある。

「シゲさんひとりで連れていったの？」

「まさか。私はここの留守番があったので、近所の若い連中に行ってもらいましたよ。その代わり、私の名前を出させましたが」

沙奈はホッと息を吐いた。いくら昔は力のあるヤクザだったとはいえ、シゲルももう歳だ。しかし、名前ひとつで従わせるとは、彼もまだまだ侮れないものである。

「それで、拳銃を押しつけたっていうのは……」

「リツの指紋を拭きとってから男のひとりに握らせました。私が捨てに行ってもよかったんですが、今日警察の見分があったんでバタバタしてるうちに済ませちまおうと」

「ま、早いほうがいいだろうな」

茶をすすりながら口を挟んだ律哉のほうを、沙奈は見る。

「一回使ったら捨てなきゃならないものなの？」

「発射された弾には銃身の中にある溝の痕がつくんだが、それを調べるとどのチャカから弾かれたものかが特定される恐れがある。ガサ入れでもあったら大変だから、普通はすぐに捨てるな」

「あいつらも夜のうちに海にでも捨てに行ったんじゃないですかね。なあに、薬莢や弾が転がってても、本体が見つからなければお上も何も言えませんよ」

そう言って黒い笑みを浮かべるシゲルに沙奈はゾッとした。実は内緒で今でも現役でヤクザをやっているのでは――そう思ってしまう。

「あの男の人たち、どうなるんだろう」

沙奈はぽつりと漏らした。決して同情から言っているわけではなく、単にその後のことが気になったからだ。

あれだけのことをした彼らには警察のお縄に掛かってほしいところだが、そうすると律哉が発砲し、男のひとりに怪我を負わせたことまでバレてしまう。

ヤクザ間のトラブルは内々で話をつけるのが常識だ。沙奈にしても、律哉が拳銃の所持や発砲、傷害で捕まるのだけは避けたい。

律哉は、さあなと気のない返事をした。

「盗みに入って失敗するなんて、俺が組長だったら情けなくて破門にしたいくらいだけどな。それか、組の威信のために消すか」

「けっ、消す？　それって、こっ、ころっ」

「ん？」

律哉が形のいい目を細め、面白そうに唇を歪める。沙奈はこわばった笑みで首を横に振った。

「ううん。なんでもない」

ここへ来る車の中で、沙奈は彼がどんな手段で上納金を稼いでいるのか尋ねていた。昨夜は『つまらない仕事』――借金の取り立てや立ち退きだと答えていた律哉だったが、その時の歯切れの悪さが気になっていたのだ。問いただしたところ、詳しくは言わなかったが人を騙《だま》したり殺めるようなことはしたことがないという。

夫婦のあいだでも秘密はあるものだ、とカフェのオーナーの門倉は言う。今はまだよくわからないが、沙奈も律哉の言うことを信じようと思った。いや、もともと曲がったことが大嫌いな彼のことなら、これからも信じていける。

隣では、律哉がスーツの前を留め、襟を直していた。突然座布団から下り、バッと畳に両手をつく。

「シゲさん、今まで沙奈を守ってくれてありがとうございました」

「お、おう。……なんだ？　藪《やぶ》から棒《ぼう》に」

シゲルは照れ笑いしている。けれど、前傾姿勢を保ったままの律哉は真剣な表情を崩さない。

「いや、冗談で言ってるんじゃないんだ。シゲさんと幸代さんがいてくれたおかげで、これまで沙奈が安心して暮らしてこられたんだと思う。本当に感謝してます」

もう一度深々と頭を下げる律哉に倣って、沙奈も三つ指をついて頭を下げた。

彼らがいてくれるのを当たり前だと思っていた。長い付き合いで家族同然のつもりでいたが、父が亡くなった今、本当はいつ縁が切れてもおかしくない血の繋がらない他人なのだ。

「そう言われても、たった三年ばかりのことだしよお」

シゲルは目に光るものを滲ませて、俯き加減で湯飲みを弄っている。きっと照れ臭いのだろう。

「何言ってるの。シゲさんと幸代さんには、もう二十年以上お世話してもらってるじゃない。それに、お父さんが亡くなった時、りっくんに連絡を入れてくれたでしょう？　ありがとう」

「お嬢……」

沙奈が掛けた言葉に、シゲルはついにハンカチを取り出して目元を拭った。彼が真っ赤になった目で律哉を睨む。

「おめえ、それは言わねえ約束だったじゃねえか」

「すまない、シゲさん。もうこれ以上沙奈に嘘をつきたくないんだ。夫婦になる以上、できるだけ秘密は少ないほうがいいだろう？」

「ええっ？」

シゲルと幸代の声が重なった。

律哉が穏やかな眼差しを沙奈に向ける。彼が伸ばしてきた手を、沙奈はしっかりと握った。

「結婚って……昨日のあれは本当だったのか」

シゲルが目を丸くする。隣に座る幸代も。

「シゲさんならわかってると思ってたのに。上京した時からそのつもりだったよ」

「私は子供の頃からそのつもりだったけど」

律哉が不満そうに眉を寄せて沙奈を見る。

「ちょっと待て。それなら俺のほうが先に――」

「リツ……男になったな」

シゲルは一度引っ込んだ涙をまた目に浮かべて満足げに頷いた。その隣でさめざめと泣くのは幸代だ。嗚咽を隠そうともせず、割烹着の裾で涙を拭いている。

「幸代さん……！」

沙奈は幸代の隣に駆け寄り、背中に手を当てた。

「お嬢さん、泣いたりしてごめんなさい。私は何の役にも立ってないのに。みなさんのやり取りを聞いてたら我慢できなくて」

「なんでそんなこと言うの。幸代さんは小さい時から私の母親代わりをしてくれてたじゃない。それだけで百点満点だし、いつもおいしい料理を作ってくれたり、掃除や洗濯だってやってくれてるんだよ？」

「その通りだ」

律哉が座卓に身を乗り出す。

「俺も子供の頃いろいろあったけど、幸代さんの笑顔には救われてたんだ。毎日学校から帰ってくるのが楽しみでさ」

沙奈もうんうんと律哉に頷く。

「幸代さんのご飯、おいしいもんね」

「お嬢、リツも。許してやってください。年取ると涙腺が弱くなっていけねえ」

横から口を出してきたシゲルの手を、幸代がピシッと叩いた。

「年取るとか言わないでくださいよ。私はあなたよりずっと若いんだから」

そう言ってまたわんわんと涙を流す幸代を、三人で笑いながら慰める。この中に血の繋がりがある者はひとりもいない。けれど、こういう形の家族があってもいいと沙奈は思う。


幸代の涙をどうにか引っ込ませることに成功した沙奈たちは、彼女が作ってくれた昼食を皆で囲んだ。

午後になり、月元組の組長との約束の時間の少し前に、昨夜強盗たちをクリニックに連れていった元組員たちが訪れてきた。

「よお、シゲさん」

「おう、昨日はご苦労だったたな」

猫背気味に玄関へ出ていくシゲルに、沙奈は律哉と顔を見合わせて肩をすくめた。こうして昔の仲間と話している時のシゲルは、昔に戻ったみたいに粗野に見える。

沙奈はシゲルと話す恰幅のいい中年の男に近づき、丁寧に腰を折った。

「こんにちは。昨夜はありがとうございました」

「おお、こりゃお嬢……！　いやー、びっくりしたよ。きれいになっちまって」

日焼けした顔に皺を寄せるこの男には見覚えがある。彼の奥で笑っている少し若い男も、その隣の小柄で禿頭《とくとう》の男も。皆、かつてはこの家でよく見た顔だ。

「みんなのおかげで助かったよ。夜中に悪かったな」

律哉が横からひょっこりと顔を出すと、男たちが目を丸くした。

「おま……リツじゃねえか！」

「なんだ、いつこっちに来たんだよ！」

「お嬢はきれいになったけど、おめえは生意気になったなぁ」

男たちが口々に言って、皆で笑いあう。

離れの居間に通された彼らは、座卓の周りに集まった。

シゲルに促されて、彼らは昨夜月元組の男たちをクリニックに連れていった時のことを話した。

犯人の男たちが、自分たちが火をつけたことと、目的が金を盗もうとしたためだと、月元組の若頭の前で白状したらしい。ご丁寧にボイスレコーダーに録音してきてくれたため、律哉とシゲルとの三人で聞き入った。元組員たちがこのあとの話し合いにも立ち会ってくれるというので、沙奈はホッと胸をなでおろす。

彼らが来てから小一時間ほどのち、お付きの者を従えた月元組の組長がやってきた。組長は小柄な五十過ぎくらいの男で黒色のスーツを着ている。強面というわけではないけれど独特の迫力があり、沙奈は目が合った瞬間に背筋が凍った。

(怖いけどしっかりしなくちゃ。私がこの家の主なんだから)

気合を入れてこっそりと拳を握る。ところが、シゲルのあとに続いて離れに入ろうとした途端、元組員の男のひとりに腕を引かれた。

「お嬢はこちらへ」

「え？　な、何？」

男に連れていかれたのは、敷地内にもう一棟建っている離れだった。

「お嬢はこちらでお待ちください」

「どうして？　私も参加しなきゃ」

しかし、大柄の男は謝るばかりでどいてくれない。気がつけば幸代が心配そうな顔でそばに立っている。

「お嬢さん、私と一緒にここで待ちましょう。ね？」

「幸代さん……」

やっと諦めがついた沙奈は、しばらくのちに幸代とふたりでミルクティーを啜っていた。傍らには菓子の入った茶菓子入れがある。真ん中にジャムが載ったクッキー、せんべい、小さなバウムクーヘン……どれも沙奈が幼い頃に好きだったものだ。さっき昼食をたらふく食べたのに、幸代とおしゃべりをしながらもりもりと食べてしまう。

「それでね、あの人ったらこのあいだもお弁当の容器を可燃ごみで捨てようとしたんですよ。何度言っても植木に水をやりすぎちゃうし。それで何度旦那さんが大事にしてらした花を枯らしたことか」

「まあまあ、シゲさんもよかれと思ってやってるんでしょう？」

「でも、あれが最後の一本なんですよ。私が何度増やそうとしても枯らしちゃうんです。困っちゃうわあ」

はー、と頬に手を当ててため息をつく幸代を、沙奈はにこにこと見守った。

生前の父が母の話をするのは聞いたことがなかった。もしも両親がいて一緒に歳を重ねていたら、今頃こんな感じにそれぞれの愚痴を聞いていたかもしれない。

玄関では、先ほど沙奈をここへ連れてきた男が門番みたいに睨みを利かせている。しかし、沙奈はもう話し合いの場に戻るつもりはなかった。ヤクザといえば男の世界。律哉とシゲルは、危険だという理由で沙奈をあの場から遠ざけたのだろうが、正直なところホッとしている。

それから二時間ほどが過ぎ、冬の影が長く伸びる頃になって月元組の組長は帰っていった。

「りっくん！」

「沙奈！」

離れを飛び出して駆けていったところ、やはり向こうから走ってきた律哉に抱き上げられ、くるりと回る。

「よかった～、無事で！」

沙奈は周りが見ているにも関わらず律哉と抱き合った。もう今にも泣いてしまいそうだ。彼と離れているあいだ、乱闘沙汰になっていないかと不安で仕方がなかったのだ。

必死に涙をこらえる沙奈に、律哉が目を細める。

「何かあるわけないだろう？　今はサツも目をつけてるんだから、あいつらだってバカはしない」

「そっか。で、どうだったの？」

「俺が画《えが》いてた絵図どおりに事は進んだな」

「へえ、どんな？」

話しながら、なんとなくぶらぶらと庭を歩く。

「向こうさんから賠償金をがっぽりもらえることになった。三億は月元組だけじゃ絞り出せないだろうから、征繼会もきっと絡んでくるだろう」

「三億!?」

沙奈が目を丸くすると、律哉はにやりと口の端を上げた。

「安いもんだろう。どうせ汚え手で稼いだ金だ」

「そうかもしれないけど……」

屋敷の建て替え費用は保険金で賄うつもりだから、これは完全に迷惑料に過ぎない。そんな莫大《ばくだい》な額を要求して逆恨みされたりしないのだろうか。

先ほどのやり取りについて庭園を歩きながら話しているうちに、変わり果てた姿となった母屋の前に着いた。

昨夜ここを離れる際には騒然としていたが、今は静かなものだ。門は閉めてあるため、外から覗くこともできない。

母屋の左側に立ち、元は広縁があったあたりを静かに見つめた。池の鯉は全滅し、今朝のうちに業者が引き取りに来た。たくさんの灰を被ったせいで酸欠になったのだそうだ。

父の仏壇が置いてあった場所に向かって手を合わせる。位牌も遺影もみんな焼けてしまい、残された父の思い出は決死の覚悟で取ってきたあの写真だけ。あの父と一緒に、これからも生きていく。

気がつけば、律哉が隣で手を合わせていた。手を下ろした彼が、トラウザーズのポケットに両手を突っ込みしみじみと口にする。

「きれいさっぱりだな」

「そうだね……」

玄関から向かって左半分の屋根はすべて焼け落ち、骨組みしか残っていない。食堂や沙奈の部屋がある右側も、外壁は残っているものの窓の中はやはり消し炭だ。

火事で失うものは建物だけではない。思い出のしみ込んだ家財、ここで暮らした家族との記憶、平穏な日常もすべて奪い去っていく。

昨夜一報をもらって駆けつけた時には、いくらかは燃え残るのではないかと楽観的に考えていた。焼けてしまった部分をリフォームして、またいつか住むことができる――そう思っていたけれど。

「沙奈」

「ん？」

「俺はこの家をもう一度盛り上げたいと思ってる」

律哉が唐突に意気込みを見せたため、母屋を見ていた沙奈はパッと横を向いた。彼の目は真剣だ。まるで強敵に対峙する時みたいに鋭い双眸で、黒焦げになった建物の残骸を見ている。

沙奈は灰色の泥水が溜まった地面を靴の先でこすった。

「それってまさか、りっくんがヤクザの親分になるってこと？　だめだよ。こんな世界にいたっていいことなんてない。今の組だって、今日にでも抜けてほしいくらいなんだから」

律哉が下を向いてため息をつく。

「そう言うと思った」

「当たり前だよ。そうでなきゃ私――」

『あなたと結婚できない』

沙奈はギュッと瞼を閉じて息を震わせた。

重い言葉をのみ込んだと思う。律哉のことは絶対に諦めたくない。でも、彼がヤクザでいるのはもっと嫌なのだ。もし彼が父親と同じように抗争で命を散らすことがあったら、ふたりとも幸せでなくなる。

徹夜明けでやや落ちくぼんだ律哉の目元を、ビルの隙間から差し込む夕日がオレンジ色に照らしている。

冷たい風にいくら髪を乱されても沙奈は動かなかった。それは律哉も同じだ。互いを真剣な目で見つめ合ったまま微動だにしない。

先に視線を外したのは律哉だった。

「俺たちは同じヤクザの親の元に産まれたけど、お前と俺では生きてきた道のりが違う」

彼が俯き加減に口にした言葉に、沙奈は静かに息をのむ。律哉はゆっくりと続ける。

「俺、おふくろとアパートに住んでただろう？　お前には言ったことなかったけど、この家にずっと憧れてたんだ。広くて遊び場がいっぱいあって、人がいっぱいいるのに、いつもきれいにされててさ。それに、飯はうまいしたらふく食わせてもらえる」

彼はスッと手を上げて彼方《かなた》を指差した。

「あそこに東京タワーが見えるだろう？」

沙奈は彼が示す方向を見て目をすがめた。そこには、ちょうどビルの谷間を縫って東京タワーのてっぺんが見える。時の流れとともに周りの景色がいくら変わろうとも、それだけはいつも同じ場所にあった。

「あの赤いアンテナに太陽が掛かると、いつも憂鬱な気分になるんだ。ああ、また今日もあのアパートに帰らなきゃならないんだな、って。家に帰ると、近所のおばさんたちがひそひそと立ち話をしてるんだ。また『かわいそうな子』とか言われてるんだろうなと思ってた」

「そうだったの。私、そんなこと全然……」

居たたまれない気持ちでいる沙奈の顔を確認した彼は、フッと眉を緩めた。

「子供の頃の話だ。今はそう思ってるわけじゃないから安心しろよ」

沙奈は頷いたが、胸に迫った悲しい気持ちは消えない。

いつも明るかった律哉がそんなふうに思っていたなんて知らなかった。知っていたら彼の助けになれたかもしれないのに、あの頃の沙奈は幼すぎた。悔やんでも時は取り戻せない。

「だけど……」

律哉はそれだけ言って口をつぐんだ。何か言いづらいことだろうか。近寄って彼の手を握ると、不器用な笑みで握り返してくる。

「お前を守りたい一心で極道になった時、ぶん殴られたような気持ちになったんだ。渡世人のなかには『かわいそうな子』がいっぱいいた。家の事情でまともにしつけられてなかったり、学校だってほとんど行ってなかったり……敷かれたレールから外れるなんてもんじゃない。最初から乗れてすらいないんだ。なかにはエンジン積んでない奴だっている。だから――」

沙奈の手を握る律哉の手に、ぐっと力が込められた。

「そういう奴らを守りたいんだ。一度レールを外れて戻れなくなった奴も、最初から乗れてないやつも。何不自由なく暮らしていけるよう、俺がレールを敷いてやりたい」

「りっくん……」

見上げた彼の双眸は、上ってきたばかりのオレンジ色の大きな月をバックにきらきらと輝いている。紅潮する頬。引き結ばれた唇。幼い頃、彼がこの顔を見せる時には、誰がなんと言おうと自分の意見を曲げなかったものだ。

沙奈は握った律哉の手を指で撫で、深呼吸をした。もしかしたら泣いてしまうかもしれない。彼の返答によっては正気ではいられなくなるかもしれないけれど、今から言うことが沙奈の本心だ。

「それだけの覚悟があるのを知らなくて、頭ごなしに否定してごめんね。……最後にひとつだけ聞かせてほしいの。どうやってそれだけの人を面倒見るつもりなの？　もし悪いことをしてお金を作るって言うなら、私——んっ！」

突然柔らかな唇が押しつけられた。その瞬間、下瞼の縁に盛り上がっていた涙がぽろりと零れる。唇は優しく触れたまま動かず、唇を開かされることもなく、舌が滑り込むこともなく……

恋を覚えたばかりの子供がするみたいに純粋で、心の籠ったキスだった。

「言わせないよ」

ようやく唇を離した律哉は、沙奈の頬をあたたかい手で包んで囁く。その瞳はあくまで優しく穏やかで、愛おしいものを見るように揺れている。

「りっく……んっ」

沙奈はしゃくりあげながら、頬を包む彼の手を掴んだ。

『私、あなたにはついていけない』

本当は絶対に言いたくない言葉だった。口にしたらそれが現実になってしまいそうで、怖くて堪らなかったのだ。律哉と離れるなんて考えられない。この先どちらかが生涯の幕を閉じるまで、一分一秒でも長く彼といたい。

「あーあ、これだけは秘密にしておきたかったんだけどなあ」

律哉が突然天を仰いでそう口走ったため、沙奈はびくりとした。

「えっ、何？　なんのこと？」

「組に納めるアガリを俺がどうやって稼いでいたか知りたがってただろう？」

「う、うん……債権の取り立てとか言ってたよね」

戸惑いながら返すと、彼は自分をあざ笑うかのように鼻を鳴らす。

「さすがにそれだけじゃ足りないよ。実は投資のほうをちょっと、な」

「投資？」

想像を超えた答えに、沙奈は目を丸くした。律哉はポケットに両手を突っ込み、あらぬほうへ顔を向けた。

「会社員時代に必死に働いて貯《た》めた金でいくつか株を買ったんだ。儲《もう》けた金で不動産を買って転売して、さらにその儲けで投資用のマンションや貸しビルを買ったり……」

「じゃ、じゃあ、恐喝とか詐欺みたいなことは？」

「そういうまともなヤクザがやるようなシノギには手を出さなかったな」

明るくなってきた月を捉えた律哉のきらきらした瞳を、沙奈はまっすぐな気持ちで見つめた。手を出さなかったんじゃない。彼はきっと、手を出せなかったのだ。

沙奈は、ほぅっと安堵のため息を洩らした。

幼い頃から正義感の塊だった律哉が、悪事に手を染めることなんてできるはずがない。それよりも、持ち前の判断力と頭のキレで合法的に稼ぐのが彼らしい。

「沙奈」

月の光を瞳に湛えたまま、律哉は沙奈をふわりと抱きしめた。そして、沙奈の髪に、頬に優しく口づけをする。

「俺は、お前だけでなく俺自身も守るつもりでいるよ。だから信じてついてきて。絶対に幸せにしてみせるから」

「うん……うん……」

ヤクザらしからぬ優しい囁きに、沙奈は胸に圧し掛かったものが、すうっと軽くなるのを感じた。

彼と一緒なら、何があっても乗り越えられる——冬の木漏れ日みたいにあたたかい胸に、濡れた頬を押しつけた。

エピローグ

「これでよし、と」

数寄屋門の壁に木彫りの看板を取りつけた沙奈は、階段を下りてその出来栄えを眺めた。

『株式会社　上屋敷組』

あの事件からひと月後に、沙奈と律哉が共同経営者となって設立した会社だ。それだけのスピード起業が実現できたのは、次々とフロント企業を立ち上げる極道のノウハウのお陰である。

手続きには旧上屋敷組の元組員たちも一緒になって東奔西走してくれた。しかし、新生上屋敷組はヤクザの事務所ではなく、れっきとした建築関連企業だ。

従業員として戻ってきた元組員たちや、その知り合いたちも腕に覚えのある者ばかり。組の解散後、解体業に就いていた者、ひとり親方として鳶《とび》や足場屋、電気工事や内装業、外構工事の職に就いていた者など。頼まれた仕事はなんでも引き受けられるくらいに、その道のエキスパートが揃《そろ》っている。

現に、年末に竣工《しゅんこう》した新家屋は彼らが建てたものだ。前と同じような純粋な日本家屋は、施工できる大工も限られる。しかし、元組員の知り合いを伝手に地方から大工と職人に来てもらったのだ。建築中は毎日がお祭り騒ぎのようだった。

広い庭にプレハブをいくつも作り、地方から来た職人や自宅が遠い者には住み込みで働いてもらった。厨房《ちゅうぼう》に人を雇って毎日作りたての食事を振る舞った。

そのせいで月元組からせしめた賠償金のうち三分の一が経費で消えたが、これは必要経費だ。この家は城である。沙奈と律哉、シゲル、幸代、それからたくさんの職人たちを繋ぐ、大切な城なのだ。

沙奈は数寄屋門の外から、遠くに鎮座する新しい母屋を見た。間取りは前の建物を踏襲《とうしゅう》して、玄関の左側に広間となる二十帖《じょう》の和室が三室と、客間が三室。客間には広縁をつけて池の鯉も復活した。前と違うのは右側の居住スペースだ。律哉とまだ見ぬ子供たちのために、部屋を三つ増やした。食堂はより広く、厨房には食洗器を入れ、業務用電子レンジやフライヤーもリースした。

新築のついでに数寄屋門と塀も直したため、この家全体が生まれ変わったように見える。沙奈は満足して頷いた。シゲルに紹介された腕のいい職人に頼んでいた看板もやっと出来上がり、これでこの会社も右肩上がりに成長していくことを祈るばかりだ。

「看板まで作っちゃって。またマークされても知りませんよ」

懐かしい声がして、沙奈は後ろを振り返った。覆面パトカーらしきシルバーの車で通りかかったのは、暴力団対策課の二ノ宮だ。彼は以前より伸ばした髪をしきりに撫でつけている。

「二ノ宮さん……！　あけましておめでとうございます」

ぺこりと腰を折ると、彼は引きつったような笑いを浮かべた。

「ああ、どうも。よろしくなんてされたくないけどね」

彼はハザードランプをたいて車を降りてきた。

「しかしまた立派な家が建ちましたねえ」

両手をポケットに突っ込んで門の中を覗きつつ、二ノ宮が感心した様子を見せる。彼と会うのは家が焼けた日以来だ。あれからＫＡＤＯＵＲＡＫＵにも現れず、どうしているのかと律哉と話していたところだ。

「よかったら上がっていってください。今、年始のご挨拶にお越しくださった方たちでちょっと混みあってますけど」

「いや、遠慮しときますよ。本当はここでこうして喋ってるのも、署の人間に見られたらまずいくらいですから」

二ノ宮はきょろきょろと辺りを見回し、次に沙奈の姿に目を留めた。彼の視線が沙奈の頭のてっぺんからつま先までゆっくりと移動する。沙奈は来客をもてなすために、鳥の子色に椿《つばき》の柄の着物を着ているのだ。着付けは幸代が、髪は職人の妻がふたり掛かりで結ってくれた。

「沙奈さんは和装が似合いますね。いやぁ、きれいだな」

「ありがとうございます。お正月なので頑張ってみました」

すると、彼が一歩、また一歩と近づいてくるため、沙奈はさりげなく離れた。この距離感は未だに苦手だ。

「お？　刑事さんじゃないですか」

門の向こうから響いた声に二ノ宮がびくりとした。やってきたのは律哉だ。沙奈に合わせて紺色の大島紬《おおしまつむぎ》と羽織に身を包んでいる。

律哉が門を潜って階段を下りてきた。今初めて沙奈に気づいたかのように足を止め、にこりと頬を緩める。

「なんだ、誰と話してるのかと思ったら俺の妻か」

わざとらしく『俺の妻』を強調した律哉に、沙奈は左手を口に当て笑いをこらえた。二ノ宮の視線がその手に注がれる。驚いたように目を丸くした彼は、急に具合が悪そうに胸のあたりを押さえた。

「す、すみません沙奈さん。わたくし、用事があるのを思い出しましたので。ではこれで」

彼は沙奈と目も合わさずに、素早く車に乗って去っていった。くっくっと笑い声が聞こえて振り返れば、律哉が目尻に皺を寄せている。

「おもしれえ奴だな。正月の挨拶もさせてくれないのか」

沙奈は込み上げる笑いをこらえつつ、ツンと顎を上げた。

「そうやってお正月から人の悪口言ってるといいことないんだから。さーて、幸代さんの手伝いでもしてこようかな」

「俺も客の相手に戻らないと。沙奈」

「ん？」

すぐ隣に並んだ律哉が、沙奈の姿をまじまじと見下ろす。

「その着物、よく似合ってる」

『今すぐしたい』――耳元で囁かれ、沙奈は首から上が熱くなるのを感じた。

「ちょっ……、そういうこと今言っちゃだめ」

ぱたぱたと慣れない草履で砂利の上を走り出すと、後ろから大きな手に腰を掴まれる。

「ひゃっ」

「ほら、転ぶから」

ん、と律哉が凛々しい顔で手を差し出す。沙奈は唇に笑みを浮かべて彼の手を握った。あの頃と同じ体温。けれど、何倍も大きくなった彼の手はざらついた大人の男の手だ。

沙奈は律哉と視線を交わした。彼も今、沙奈と同じく昔のことを思い出しているといい。

母屋に入ると、けたたましい声がいきなり耳をつんざいた。左の広間からは宴会をやっている楽しげな声、右手にある食堂からは荒々しい職人たちの声。どちらも楽しそうだが、ひとまずてんやわんやになっているだろう食堂のほうに顔を出す。

「それ俺の海老天《えびてん》だぞ、コラ」

「お前さっき食ってただろ。これは俺んだ」

「あーっ、おい！」

大皿に載っていた天ぷらを取りあっているのは、律哉が極東栄和組から引っ張ってきた若衆だ。

沙奈は呆れ半分で笑った。すでにいい大人の職人たちは広間で酒をのみ、食堂にいるのは彼らの息子や知り合いの伝手でやってきた若者たち、としっかり棲《す》み分《わ》けがされているようだ。

「お前らうるせえぞ！　いっぱいあるから喧嘩すんなよ」

律哉は大声で窘《たしな》めつつも楽しそうだ。

火事が起きてから一か月後に、律哉は極東栄和組を抜けた。その際に、彼らのぶんも、と組長の岸本がふたつ返事で首を縦に振るくらいの大金を置いてきたのだ。もちろん話し合いがすんなりいったわけでもなく、手を変え品を変え、何度も交渉を重ねたらしい。やはり最後は金だったようだ。そのあいだも沙奈は彼を信じて待っていることしかできず、やきもきする日が続いたのだった。

沙奈は自転車操業で料理を作り続ける幸代に小走りで駆け寄った。

「幸代さん、私も手伝います。やっぱりお手伝いの人少なかったよね」

厨房には幸代のほかにふたりの女性がいるが、それでも慌ただしい。幸代は汗の滲む額を腕で拭き、にっこりと相好を崩す。

「みんなお正月でゆっくりしたいんですから、仕方ありませんよ。でも、そんなきれいな着物で手伝ってもらうほど忙しくはありません。さ、お嬢さんも社長も、汚れるからあっちに行っててくださいな」

ぐいぐいと身体を押され、沙奈と律哉はふたたび食堂に戻ってきた。

「うるせえ」

ががやする食堂を見回した律哉が、楽しそうに笑う。

いくら騒がしくても、溢れかえる人でざわついたこの雰囲気が好きだ。父が元気だった頃、律哉とともに気のいいヤクザたちにかわいがってもらったことを思い出す。

それにしても、この人数を普段幸代だけで制御するのは無理があるような。

「社長、常時あとふたりくらいは厨房に人が必要なんじゃないですか？」

からかい半分に言うと、律哉は眉を上げてにやりとした。

「そうだな。早急に善処しよう」

彼はそう言ったけれど、仕事がまだ軌道に乗っていない今、厨房に人を雇うのは簡単なことではない。

起業一年目はちょうど近くで区画整理があり、新生上屋敷組は解体や建て替えで急成長を遂げた。しかし、会社を興す時に使った初期投資がまだ回収できていないのだ。

もちろん金はたっぷりあるが、沙奈の父が遺した金にはできるだけ手をつけたくないと彼が言うのだ。それを頼っているようでは会社として成功するはずがない、と。

でも、律哉ならきっとうまいこと会社を盛り立てていけるに違いない。

夕方近くになって、ようやく来客たちは三々五々帰っていった。普段着に着替えた沙奈は、広い敷地の隅にあるこぢんまりしたカフェでひとり寛《くつろ》いでいる。

このカフェは、母屋を建て替える際に勢いで作ってしまった自分の店だ。

店の名前は『ボン・ヴォヤージュ』。広さは十二坪で、そのうち客席が八坪。カウンターのほかにテーブルが四つしかないが、ひとりで回せる数となるとこれが限界だ。

店のオープンに向けて必要な資格は取得済みで、今は経営を勉強している。食器や消耗品、豆などの準備も済ませ、あとは今月中旬のオープンを待つばかりだ。

オープン初日には、沙奈が働いていたカフェのオーナー、門倉も来てくれる。すでに招待状は送った。店のオープンを喜んでくれて、当日の手伝いも買って出てくれている。

チリンチリン、というドアベルの音とともに律哉が入ってきた。彼はまだ和服姿だ。背が高く、きりりとした顔立ちの彼には、この紺色の着物と羽織がよく似合う。

「なんだ、もう着物じゃないのか」

「残念でした」

「脱がすのを楽しみにしてたのに」

彼は笑いながらカウンター席に座った。沙奈はポットを火にかけ、先ほど焙煎した豆をミルに入れる。

「コーヒーいれるね」

「頼む」

この小さな建物ができてからというもの、沙奈と律哉はここで寛ぐことが多くなった。あたたかみのあるレンガ調の壁と木のテーブル。天井から吊《つ》り下《さ》げられたエジソンランプの優しい明かり。

その雰囲気のなかで楽しむコーヒーは最高だ。ふたりきりで山小屋にでもいるみたいで、とても気持ちが安らぐ。

湯気の上がるカップを手に、沙奈は律哉の隣に腰かけた。焙煎したては特に香りがいい。ブラックのままひと口啜ると……うん、おいしい。

「あのね、ずっと聞きたいと思ってたことがあるんだけど」

律哉がカップを持ち上げて、にやりとする。

「なんだ？　ちょっとドキドキするな」

「りっくん、いざとなったら会社ごとヤクザに戻ろうと思ってない？」

「なんでそう思うんだ？」

「うーん……だって、腕っぷしの強いメンバーばかり集めてるもん。資金もあるし。それに……」

律哉がコーヒーを啜りながら上目遣いで見る。沙奈は彼の手を握った。

「ヤクザになってまで私を守ろうと思ってたくらいだもん。何かあった時のために、また準備してそう」

ごくりとコーヒーを飲み下す音のあと、律哉が笑った。切れ長の二重が弧を描き、一気に柔和な表情になる。

「言っておくけど、もうチャカは隠してないぞ」

握った手を引き寄せられ、ちゅっと口づけされる。

「当たり前です。物騒なものがなくても、手荒な真似したらすぐに警察から暴力団認定されちゃうんだから」

「ま、お前の身にもしものことがあったら、すぐにカチコんでいくけどな」

「だ、だめっ」

急いで律哉の羽織にしがみつくと、彼が楽しそうに笑う。

「おいで」

軽々と抱き上げられた沙奈は、窓際のソファ席に連れていかれた。店内には明かりがついているが、ロールカーテンが下りているため外から見えることはない。

「ほら」

奥に座った律哉が、テーブルに肘をつき自分の膝をぽんぽんと叩く。和服姿が妙に色っぽい。エジソンランプのあたたかな光のもと、黒髪ツーブロックなのも相まって明治時代の文豪を思わせる。

彼の膝に座ると、すぐに男らしい骨ばった手で抱きすくめられた。

沙奈は彼の手を握り、エジソンランプに照らしてみる。ふたりの薬指には入籍の際に交わしたマリッジリングが輝いていた。家の建て替えや起業に忙殺されて延び延びになった結婚式は、この三月に挙げる。

明かりの前に掲げたまま、律哉の大きな手がゆっくりと沙奈の手を包んだ。骨ばった浅黒い手と小さな白い手。この手に引かれて、これからも歩いていく。

「沙奈、俺たちはずっと一緒だ」

「うん……りっくん、大好き」

「愛してるよ。沙奈」

僅か下から見上げる律哉の瞳は、うっとりするほど美しい金色の光を宿していた。どちらかともなく近づいた唇が、互いを慈しむようにそっと重なる。

甘く絡みあう口づけにとろかされつつ、沙奈は頭の片隅で考えていた。

漕《こ》ぎ出《だ》した海は広いけれど、この大きな船に揺られていれば決して沈むことはない。律哉が船なら沙奈は帆だ。ふたりで手と手を取りあって、この大海原を駆けていく――

あとがき

はじめましての方も、私の作品を何度かお読みいただいている方もいらっしゃるかもしれません。この度は『過保護なイケメン若頭は元お嬢を溺愛して守りたい』をお手に取っていただき、ありがとうございます。作者のととりとわです。ルネッタブックスからは三冊目の刊行となります今作では、私の好きな極道モノを書かせていただきました。

作家が物語を書く際には、資料探しや取材などといった血のにじむような（？）努力をしているものであります。ですが、極道ものは取材するわけにはいきませんよね〜。ではどんなところから知見を得るのかと言いますと、私の場合はルポルタージュや漫画、実録系雑誌の記事などです。

今作のヒロインとヒーローをヤクザの子供という設定に決めた時、石井光太さんの『ヤクザ・チルドレン』を読みました。石井さんが体当たりで当事者たちに取材した話をまとめたノンフィクションで、大変おもしろい本です。

一般とはかけ離れた子供時代を過ごしてきた彼らがどんな大人になったのか……濃密にしておおむね不幸と言えそうな壮絶な人生に圧倒されます。やはり人間が育つにあたっては環境って大事なんだなあ、なんでもない平和な毎日を送れることに感謝しなければならないんだなあ、と実感しました。

こんなことを書くと、あとがきから読むタイプの読者様なら「えっ、そんなにかわいそうなお話なの？」と今作を読むのをためらってしまうかもしれません。でも、安心してください。フィクションです！　この『過保護なイケメン若頭は元お嬢を溺愛して守りたい』はフィクションなんです！

※極道ものだけれど、血なまぐささは抑え目です

※極道ものなのに、ふたりの恋はかわいらしい仕様です

（いずれも当社比）

私はヒーロー視点を書くのが大好きなんですが、今回も書いていてすごく楽しかったです。律哉が沙奈を思う気持ちがつい漏れてしまったり、鈍感な沙奈がそれに気づかなかったり。互いを思いあうふたりの淡い恋を応援していただければ幸いです。

末筆になりましたが、読者の皆様にはくれぐれも怪しい人にはかかわってはいけませんよ、と念のため忠告させていただきます（ペコリ）。

ととりとわ

ルネッタブックス

過保護なイケメン若頭は元お嬢を溺愛して守りたい

2023年3月25日　第１刷発行　定価はカバーに表示してあります

著　者　ととりとわ　©TOWA TOTORI 2023
発行人　鈴木幸辰
発行所　株式会社ハーパーコリンズ・ジャパン
東京都千代田区大手町 1-5-1
03-6269-2883（営業部）
0570-008091　（読者サービス係）

印刷・製本　中央精版印刷株式会社

Printed in Japan ©K.K.HarperCollins Japan 2023
ISBN978-4-596-76915-2